KB162068

네가 번개를 맞으면
나는 개미가 될거야

네가 번개를 맞으면 나는 개미가 될거야

"제 불안에 많은 관심가져 주시기 바랍니다"라고 말하는 것 같아 괜히 웃기게 느껴지지만 많은 관심부탁드립니다

延 series

장하은

'Before it fades'

- Joseph Cornell, diary entry, 1954

나의 기억들이 사라지기 전에.

아침놀

그럼에도 용기를

불안장애를 겪게 되었을 때 가장 위로가 되었던 것은, 이상하게도 '죽는 병이 아니에요'라는 명석한 의사의 말도, '괜찮아질 거야'라는 내면의 언어도 아닌, 인터넷을 떠도는 수많은 글들이었습니다. 블로그, 웹사이트, 카페 등에서 저와 같은 경험을 한 사람들이 적어 내려간 걱정과 두려움들 말이죠. 문장의 형태가 어떻게 되어있든, 얼마나 많은 이모티콘과 문장 기호들이 들어있든 신경 쓰지도 않고 읽으며 위로를 얻었습니다. 나와 같은 증상을 겪는 사람들이 또 있구나. 그리고 그들도 애써 삶을 살아내고 있구나 하면서요.

그 사람들도 아마 주변 사람들에게 부담이 되고 싶지 않아서, 혹은 '너는 아직도 그래?' '다 네 머릿속에 있는 일이잖아. 죽을 병에 걸린 것도 아니면서 호들갑 좀 떨지 마' 이런 성가신 어투를 듣고 싶지 않아서 글을 쓰기로 결심했던 건지도 모르겠습니다. 저 역시 불안장애가 찾아왔을 때, 제 모든 감정들을 글로 배출해 내고 싶다는 강한 충동을 느꼈으니까요. 누군가에게 반복적으로 말해 봤자 '하은아, 의사 선생님이 괜찮다고 했잖아. 그만 좀 해' 이 말이 돌아올 걸 알았기 때문인 건지, 아니면 제 안에 쌓여있던 기억들이 감정에 불어 팽창하는 바람에 터져 나왔던 건지는 모르겠습니다. 하지만 빈 화면에 몇 줄기의 문장들이 채워지자마자 마치 때가 되었다는 듯이 어린 시절의 슬픔까지도 딸려 나오기 시작했습니다. '그건 나 아닌데' 다 잊어버린 척하면서 외면했던 오래된 기억들이 말이죠.

결국 저는 어쩔 수 없다는 듯이, 성인이 될 때까지 입 밖으로 내어 놓지 않았던 감정들을 문장으로 적어 내려갔습니다. 가장 친한 친구에게도 말하지 않았을 정도로 숨겨 놓고 싶었던, '치부'라고 여기던 모든 순간들을요.

주변 사람들을 얼마나 의식하며 살아왔던지, 타인이 저를 어떻게 평가할까 두려워서 눈물 한 방울도 맘대로 흘려내지 못하는 사람이었는데. 제가 가진 슬픔의 무게를 재 보고는 '가벼운데?'라고 심판이라도 내릴까 봐 아픔도 애수도 없는 사람처럼 살았는데. 불완전한 저의 모습을 담은 글을 세상 밖에 내 보이겠다니 난 참으로 웃긴 사람이구나 싶기도 했습니다.

그럼에도 용기를 냈던 이유는 미숙했던 저의 감정들이 당신의 문을 열어줄 수 있기를 바라는 마음 때문이었습니다. 제가 온라인 속 익명의 글을 보며 위로를 얻었던 것처럼 말이죠.

소심하고 내성적이었던 아이에서 더 소심하고 불안한 어른이 된 저의 이야기가 당신에게 묘한 위로가 될 수 있기를 바라봅니다.

어떤 추억은 가늘게 그어진 틈새
사이로 빛을 받고, 물에 긁히기도
했다.

and even the emotions
he had embraced, gradually
receded from his memory.
His memory gradually shifted,
like mist in the wind,
growing dimmer with
each change

Tony Takitani, 2004

1부

물 속에서 숨쉬기

눈물이 싫었다

#1

하루를 마무리하는 저녁이 되면 눈물을 흘리는 게 당연하다고 생각했다. '나는 우울한 사람이구나!' 그러한 정의도 없이, 배가 고파지면 밥을 먹는 것처럼 유별날 게 없다고 생각했다.

혼자 흘리는 눈물에 거부감도 없었다. 내가 슬퍼서 울든 기뻐서 울든 내 안에서 일어나는 일이라 생각했기 때문이었다. 물론 옷소매를 늘려 눈물을 닦아내는 행동을 해야 했지만, 나는 이곳에 혼자 있으니 외부의 공격이 없는 내면에서 일어나는 일과 똑같다고 여겼다.

이처럼 나는 내 공간 안에 있으면 작은 일에도 쉽게 눈물을 흘려보내는 사람이었다. 만족스럽지 않았던 나의 하루를 새겨보며, 재생 목록을 가득 채우고 있는 노래들을 들으며,

감정을 거스를 수 없다는 듯이.

그렇지만 타인 앞에서 우는 사람은 아니었다. 남에게 눈물을 보이지 않기 위해서 몰래 닦아 낸다거나 무작정 참아내는 노력까지 하곤 했는데, 사실 내가 왜 남들에게 눈물을 보이기 싫어했는지 아주 정확한 감정이 무엇이었는지는 모르겠다.

진짜 나를 보여주는 것 같아서, 다른 이들에게 부담이 되고 싶지 않아서, 남을 챙겨주는 게 익숙했는데 챙김을 받을 때 어떻게 반응을 해야 하는지 몰라서, 어른스러운 모습에서 벗어나는 것 같아서, 무작정 화를 내는 사람이 옳아서 잘못을 한 죄인이 눈물을 흘리며 용서를 비는 것이라 생각 할까 봐, 거짓이라고 생각할까 봐 등등 수많은 이유가 될 법한 내용들이 떠오르긴 하는 걸 보니 그저 매 순간의 복잡한 이유로 남 앞에서 우는 것을 싫어했다고 보면 될 것 같기도 하지만.

#2

나는 어린 시절부터 스스로를 '무뚝뚝한 사람'으로 정의해왔다. 너는 어째 네 엄마랑 똑같이 애교도 없고 무뚝뚝하니. 아빠한테 들었던 그 말이 나의 전부인 줄 알았다. 그래서 '나는 무뚝뚝한 사람이야'라는 말에 알맞게 표현에 서

틀렸고, 스스로를 굉장히 강한 사람이라고 생각해서 '눈물' 이란 노출해서는 안 될 연약한 모습이라 여겼던 것도 맞다. '나는 아픈 것도 잘 참고, 슬픈 것도 잘 참는 사람이잖아' 홀로 마음에 새겨냈기 때문에.

어디를 가나 항상 '어른스럽다'는 말을 듣는 어린이였던 나는 챙김을 받기보다는 누군가를 챙겨주는 게 걸맞은 사람이라 생각하기도 했다. 초등학생 때는 '중학생이니?' 라는 질문을 받았고, 중학생 때는 '고등학생이니?' 라는 말을 들었던, 학창 시절 내내 맨 뒷자리를 차지했을 만큼 콩나물처럼 키가 큰 아이이기도 했으니까. 나의 외적인 부분도 효과를 발했던 건지 친구들에게조차 언제나 언니 같은 사람이었다. 물론 언니들에게도 '하은아, 네가 우리들보다도 더 언니 같아'라는 말을 들었다. 그렇게 멀대같이 키가 큰 내가 엉엉 우는 사람이 되어 토닥임을 받는 건 소름 끼칠 만큼 낯부끄러운 행동이라 여겼던 것이다.

그래서 나는 친구들 앞에서 우는 것도 싫어했다. 친구들 앞에서 울었던 처음이자 마지막 기억은 초등학생 때인데, 이 날 얼마나 얼떨떨하고 난처하게 울었던지. 아직도 그날의 모습이 생생하다.

초등학생 때 학급 꾸미기의 일환으로 반 아이들 모두 '식물 돌보기' 활동을 한 적이 있었다. 각자 집에서 식물을 들고 온다거나 씨앗을 심어 기르곤 했는데, 나는 큰 강낭콩 같은 것을 심었다. 어쩌다 보니 그 강낭콩은 반에서 제일 크고 튼튼하게 자란 새싹이 되어있었고, 마치 학급의 자랑이라도 되는 것처럼 매일 구경하는 아이들로 교실이 붐비게 되었다. 괜히 으쓱하는 마음이 들었던 나는 목소리를 가다듬고는 '아 지금 물 줘야 하는데, 네가 한 번 줘 볼래?' 마치 선의를 베푸는 척 새싹을 내세웠고 '내일은 내가 줄래!' 열정적으로 소리치는 아이들의 관심을 즐겁게 받기도 했다. 하지만 커다란 새싹은 세 번째 잎사귀를 펼쳐 보기도 전에 죽었다. 교실을 이리저리 뛰어다니며 장난을 치던 남자애들이 화분을 떨어트렸기 때문이었다. '퍽' 하는 둔탁한 소리와 함께 여자아이들이 '하은아 어떡해!' 소리침으로 인기 만점 화분이 영영 사라져버린 것이었다.

반에 있던 모든 아이들의 시선은 화분으로 향했고, 그다음은 나에게로 향했다. 나는 어떻게 반응을 해야 할지 몰라 엉거주춤한 자세로, 아무런 소리도 내지 못한 채 잠시 서 있었다. 바닥으로 고꾸라져 엎어진 화분과 주변에 퍼져있는 흙, 그리고 그 안에서 뭉개져 있을 내 식물을 떠올려 보니 눈물을 흘려야 할 것만 같다는 생각이 들긴 했다. 울고 싶지는 않았는데, 눈물이 나올 것 같았던 찰나. 상황을 파악한 아이들이 내 주변으로 우르르 몰려왔다. '괜찮아?' 다정하게 물으며 등에 손을 얹고 토닥여 주는가 하면, '야 누가 떨어트렸냐! 나와서 사과해!'라고 소리치기까지 해서 결국 나는 요란 법석한 아이들의 틈 사이에서 울어야 했다.

그러나 작게 흐느끼며 눈물을 닦아내는 순간, 나와 어울리지 않는 행동을 한 것 같다는 이질감 때문이었는지 곧바로 민망함을 느꼈다. '나는 어른스러운 사람인데, 이렇게 많은 애들 앞에서 눈물을 흘리다니…!' 이성적인 절망감이 들이닥쳤기 때문이었다. 반 아이들이 몰려와서 내 걱정을 하는 터라 언제 어떻게 이 눈물을 멈추고 내 자리로 돌아갈 수 있을까라는 어정쩡한 고민도 해야 했다.

내 옆으로 와서 나를 걱정해 준 친구들이 너무나도 고마웠고, 우르르 몰려온 아이들이 부담스러웠던 날. 그래서 그 날이 잊혀지지 않는다. 친구들 앞에서 울었던 처음이자 마지막 날로.

그렇게 나는 남 앞에서 흘리는 눈물에 알레르기라도 생긴 것처럼, 부어 오르고 가려워지는 목을 긁지 않기 위해 최선을 다했다.

#3

"너는 어렸을 때부터 아프다는 표현을 잘 안 했어. 다른 아이들은 아프면 으앙 하고 우는데, 너는 울지도 않고 그저 조용해졌지. 그래서 개구쟁이처럼 놀던 네가 갑자기 말 수가 줄고 움직임이 적어진 날이면 네 이마를 짚어봐야 했단다."

그런데 엄마는 내가 스스로를 정의하기도 전부터, 아프고 슬픈 것에 대한 표현을 안 해오고 있었다고 했다. 그래서인지 내가 초등학교에 입학한 날부터 새로운 담임 선생님을 마주할 때마다 선생님께 보내는 노트에 늘 똑같은 말을 적어 내셨다는 것이었다.

'아이가 아파도 말을 하지 않아요. 활발하던 아이가 갑자기 조용해지면 아픈 것이니 확인 부탁드립니다.'

나는 내가 원해서 감정의 창을 닫은 줄 알았는데. 기질적으로 '원래 그런 아이' 뭐 그런 것이었던 걸까. 타고나기를 그렇게 타고났다고 했다. 표현을 잘 하지 않는 성격으로.

그래서 평생을 변함없이 내 모든 감정을 숨기기만 하면서 살 것이라 생각했다. 나는 날 때부터 그런 사람이라고 했으니까. 벗어나고자 하는 시도조차 해보지 않았다. 그게 당연한 것이었으니까. 그런데 나이가 들면 들수록, 자라면 자랄수록 표현하지 못하는 나의 모습에 답답함이 쌓였다. 표현하지 않았던 것이 아니라, 하지 못했던 것이라 여기기 시작했을 때부터. 그것이 나를 불편하게 한다는 것을 눈치채게 되었을 때부터.

슬픔을 감춰서 드러내지 않아 놓고선 다른 이들이 나를 슬픔 없는 사람이라 여기는 것을 억울해 하기 시작했고, 너의 슬픔과 나의 슬픔을 이기적으로 비교해 보게 된 것이었다.

나는 온몸이 슬픔으로 젖어 자꾸만 가라앉고 있는데, 그 슬픔을 어디서부터 어떻게 표현해야 할지 몰라 슬픔의 형태를 대변하는 눈물을 기피했으면서도 그랬다. 작은 일로 눈물을 보이면 내가 가진 슬픔이 가짜처럼 보일 것 같았단 말이야. 그래서 아무런 내색도 보이지 않았던 건데.

지금은 나를 표현하는 것에 대한 거부감이 줄어들었다. 슬픔을 표현하지 않는 게 잘못된 것도 아니고, 슬픔을 표현하는 게 의무인 것도 아니지만. 그러한 감정들을 표현하는 것도 나쁘지 않다는 생각을 하게 되었기 때문이었다.

하은아 너는 걱정도 없이 네 할 일을 꿋꿋이 하는 것처럼 보여서 부러워. 난 말이야…. 우수수 털어내는 타인의 슬픔 만을 흡수하는 사람이 되었을 때. 마치 준비된 구원의 날을 맞이한 것처럼 깨달음을 얻었던 것인데. 어느 날 눈을 감았다 떠 보니 새하얀 옷을 입은 성자가 된 것은 아니었지만, 두 가지의 깨달음이 얽매여 현실로 다가왔던 것이었다. 내가 친구들 앞에서 개소리를 한다거나 눈물 콧물을 쏟아 낸다고 해도 내가 생각하는 것보다 나를 크게 신경 쓰지 않는다는 것, 그리고 생각보다 나를 더 신경 써주는 연인이 옆에 있다는 자각. 결국엔 내 연인이 가장 큰 이유였던 것 같다.

그가 준 믿음 때문이었는지, 꾸준함 때문이었는지, 어쩌면 처음부터 믿고 있었는지. 그의 앞에서 눈물을 훔쳤던 날, 내가 부담스러우면 어떡하지라는 걱정도 없이, 동정을 받는다는 느낌도 없이 포근함을 느꼈기 때문이었다. 나 아닌 다른 이가 나의 슬픔을 이해해 줄 수도 있구나. 뒤늦은 깨우침 앞에서.

나는 이런 사람이야. 이런 사람이어야만 했어. 평생을 이렇게 살아왔거든.

그런 나를 탈피하게 된 것이었다.
그가 나를 탈피시켜 준 것이었다.

네 감정을 다른 사람에게 맞출 필요는 없어.

그렇게 말해줬기 때문에.

When I recall the conversation we had,
I remember the buildings we passed by
and the weather on that day,
but strangely,
I don't remember his face expression

기록의 시작

그 시절 내가 가지고 있던 스티커들은 대부분 이모가 사준 것이거나 주일학교 교재에 붙어있는 싸구려 스티커였다. '참 잘했어요' 혹은 '예수님 탄생하신 날' 같이 글씨가 적혀있는 촌스러운 스티커들. 그리고 나는 그것들을 아꼈다. 내가 가진 것들 중에서 가장 소중한 것을 내보이라 하면 스티커 상자를 꺼내 보였을 정도로.

내가 가진 소유물이라는 애착을 가장 쉽게 표현할 수 있는 것들이라서 그랬을까. 작은 플라스틱 상자 안에 차곡차곡 쌓아 놓고선 온전히 나의 것이라는 사실을 음미했다. 나에게 있어 스티커의 역할이란, 가끔씩 상자 밖으로 나와 이리저리 살펴지고 나의 마음을 만족시킨 다음 다시 상자 안으로 들어가는 것이었으니.

그렇게 쓰지도 않고 아껴두었던 스티커들은 내가 기록을

시작하게 된 이유가 되었다. 소중한 스티커들을 무자비하게 뜯어 쓰고 싶다는 생각이 들었던 날. 만일 내가 손가락으로 세어볼 수도 없을 만큼의 스티커를 가졌더라면, 조심스러운 마음도 없이 마음껏 쓸 수 있었을까. 슬픈 마음도 함께 찾아왔던 날. 나는 내면 속에서 일어난 반란을 잠재워야 했고, 어린 마음에 생각해 볼 수 있었던 최선의 방법은 기록이었기 때문이었다.

스티커를 사진으로 남겨 놓으면 스티커를 마음껏 뜯어 붙여도, 그 스티커가 찢어지고 헤어져서 사라진다 해도 그것의 처음을 언제든지 꺼내 볼 수 있잖아?

그때부터 나는 닳아 없어질 것 같은 모든 물체와 상황에 기록이라는 의식을 치르기 시작했다. 새 옷이 망가져도 억울하다거나 속상해하지 않을 수 있어. 내 사진 속에는 구김 없이 펼쳐진 옷이 담겨 있거든. 아끼던 컵이 깨져도 난 괜찮을 거야. 조각나지 않은 모습이 여전히 존재하니까.

기록은 나를 자유롭게 했다. 새 옷을 한 번 제대로 입어볼 수 있었다는 행위에 대한 만족, 그리고 그것을 소유했었다는 과거 기억에 대한 만족감을 줌으로. 그래서 망가졌다는 현재를 신경 쓰지 않게 해서.

훼손된 사랑도, 찌그러진 관계도, 그렇지 않았던 때를 생각하며 애써 참아낼 수 있었다. 어떤 이유에서든지 '그랬던 적이 있었지' 라는 과거의 만족감으로 나를 안심시킴으로.

많은 사람들이 오래된 사진을 찾아보며 그 날을 추억해 보는 것처럼, 나는 내가 소유했던 것들을 다른 방법으로 아끼고 있다.

기록의 이유

나는 말 주변이 없다. 글을 쓰게 된 이유도 말을 하지 못해서였다. 하고 싶은 말들은 마음속 깊이 쌓여 가기만 해서, 어떻게든 그 감정들을 덜어내야 했기에.

생각보다 앞서 말을 하기보다는 고치고 또 고치며 적어 내려 갈 수 있는 글을 좋아하던 탓도 있다. 감정을 배출해 내듯이 글을 적어 내려가도 부끄러운 마음 하나 없이 문장들을 쳐낼 수 있으니까. 당신이 관심 하나 없는 지루한 이야기를 해서 미안해요. 누군가에게 사과해야 할 이유도 없어서. 날카로운 어투로 적힌 비관을 점잖은 말씨로 바꿔 나를 속여 내기도 했던 것 같다.

그렇다고 글쓰기의 이유가 나를 표현하고자 했던 욕망 하나였던 것은 아니다. 기록의 이유는 매번 바뀌었다. 다른 사람에게 털어 낼 수 없어서. 나에게 말을 걸어보려고. 그리고 그 시절의 고민을 어쩐 일인지 잊고 싶지 않아서 등등.

지금 내가 글을 쓰는 이유는 마지막 이유이다. 생생히 떠올리기는 싫지만 모순적이게도 그 기억들을 잊어버리고 싶지는 않던 바람에.

백지상태의 페이지를 열고 글로 채워나간다. 나를 괴롭히던 감각들을 글에 담고 저장한 뒤, 내 머릿속에서는 '너무 오래된 일이라 기억이 잘 안 나'라는 말로 지워버리기 위해. 그러면 나는 나를 버린 것이 아니고, 자유롭게 풀어주는 것일 테니까.

노트북 화면에 생생하게 남아있는 나의 이야기는 잊고 싶지만 잃어버리기 싫은, 기억들의 파편인 셈이다.

퐁네프의 자유

'알렉스, 너를 진심으로 사랑한 적은 없어. 나를 잊어줘'라는 메시지를 남기고 퐁네프 다리를 떠나갔던 미셸은 크리스마스 이브, 알렉스와 함께 다리로 돌아왔다. 온전한 사랑으로 몸을 던지기 위해서.

'퐁네프의 연인들'은 프랑스 파리, 특히 퐁네프 다리를 중심으로 펼쳐지는 날 것 그대로의 사랑과 자유를 보여주는 영화다. 그 사랑이 떠날까 봐 두려워하는 자의 욕망과 이기심 그리고 누군가를 의식하는 것도 없이 마음껏 분출해 내는 그들만의 소통 방법으로.

나는 퐁네프 다리로 돌아가고 싶다는 생각을 종종 한다. 내가 떠나가는 것을 두려워하는 사람 혹은 나와 함께 센 강에 몸을 던질 사람 따위는 그곳에 없는데도. 자유로운 몸짓으로 거닐던 그 거리 하나가 그리워서.

'하은아 너 엄청 자유로워 보여.'

프랑스에서 어학연수를 하고 있던 오랜 친구를 만나기 위해 파리를 방문했던 날이 있다. 런던에서 처음으로 유로스타를 타고, 오래전부터 가보고 싶었던 그곳에 친구를 만난다는 좋은 핑계를 더해 갔던 날. 머릿속에는 그동안 봐왔던 프랑스 영화들이 일렁거렸다. 그중에서도 '몽상가들' 속 매튜, 테오, 이자벨이 손을 잡고 루브르 박물관을 뛰어다니는 모습과 '퐁네프의 연인들' 속 퐁네프 다리 뒤로 피어오르는 불꽃놀이를 배경 삼아 무아지경으로 춤을 추던 알렉스와 미셸의 몸짓이 선명했다. 사회의 이단아라고 여겨지는 그들이 만끽하는 자유가 내가 선망하는 것들이었기 때문이었다. 고지식한 사회가 용납하지 못하는 것들, 또한 한국 사회에 남겨진 나의 가족이 용납할 수 없는 금지된 일들을 하는 것.

그런데 프랑스에 도착하자마자 이전보다 더 자유로워 보인다는 말을 들었고, 그 말은 자유를 갈망하기만 했지 제대로 가져본 적은 없다고 생각하던 나에게 메달처럼 느껴졌다. 내가 이미 자유라는 결승선 너머 어딘가에 서 있다고 해주는 것이나 다름없었기 때문이었다.

'난 정말로 자유로워진 걸까?'

큰 숨을 들이마시게 되었을 만큼 아름다웠던 에펠 타워 앞에서 퐁네프 다리까지 걸어가는 길에 내가 소망하던 것들을 떠올려봤다. 내가 무턱대고 자유의 확증이라고 믿었던 술과 담배 같은 것들을 뺀 나머지의 것들. 어쩌면 외부적으로 보이는 자유가 아니라 진짜 구속 없는 몸짓을 주었던 것들.

나는 어린 시절부터 억압 없는 자유를 꿈꿔왔었다. 아빠의 통제 아래에서 벗어나고 싶었고, 부모님을 책임져야 한다는 강박적인 책임감 가운데서도 벗어나고 싶었다. 시간이 흐를수록 나의 어린 시절이 억울하게만 느껴졌기 때문이었다. 어린아이처럼 놀아도 됐는데, 조금 더 행복해도 됐는데, 가정 환경에 억눌린 채 스스로를 가두어 놓고 살았던 것만 같아서. 그리고 그토록 원하던 성인이 되었을 때도 결국은 변함없이 똑같은 나로서 서 있어서.

그래서인지 가족을 책임져야 한다는 생각에서 물리적으로 멀어지게 되자마자, 나는 런던에 우두커니 서서 자유만을 외치는 사람이 되었다. 속박 없이, 나에게 욕하는 사람 하나 없이, 내가 원하는 모든 것을 해볼 수 있는 나라에 왔다는 안정감이 찾아왔기 때문이었다. 내가 뜬금없이 새벽 3

시에 템즈 강가에 나가서 사진을 찍고 들어와도 누구 하나 뭐라 할 사람이 없었고, 늦은 오후 시간에 어기적 거리며 일어나 하루를 시작해도 찜찜한 구석이 하나 없었다. 밤새 그림을 그려도, 하루 종일 공원 바닥에 누워있어도, 충동적인 계획으로 하루 이틀쯤은 집에 들어가지 않아도 내가 신경 써야 할 사람은 없었다. 내가 왜 그런 행동을 했는지에 대한 구실을 쥐어 짜낼 필요조차도 없는, 그러니까 완전한 독립. 내가 선택하고 누리는 것들은 오직 나에게만 영향을 미쳤고, 딱히 결과라고 부를만한 것이 없다고 해도 내가 신경 쓰지 않으면 그만이니 누군가에게 실수의 이유를 구구절절 짜내며 자학할 필요도 없었다. 그럼에도 무언가 부족하다고 생각해 더 자극적이고 더 개방된 자유가 필요하다고 생각했는데, 나는 이미 자유로운 사람이었구나.

긴 시간을 걸었던 탓에 종아리가 당기기 시작했을 때쯤 퐁네프 다리 구석에 앉을 수 있었다. 그리고 깨달았다. 나는 이미 자유를 가진 사람이었다는 것을. 지금 자유로운 사람이라는 것을.

어쩌면 오래전 건너뛰었던 어린 시절을 다시 살고 있다는 생각이 들기도 했다. 착한 딸이 되기 위해서 혹은 누군가에게 멋진 사람처럼 보이기 위해서 나를 억누르고 살아왔기에 누리지 못했던 그 시절을 말이다.

중학교 1학년 때 친구가 되어 간간이 소식을 전하며 관계를 이어오던 친구와 나. 성인이 된 우리가 여전히 주도적이고 자유로운, 그리고 이제야 자유로워진 둘이 되어 파리를 거닐었던 날이 잊히지가 않는다. 나에게는 내가 온전한 자유로 몸을 던졌음을 인정받았던 날이었기 때문이다.

실제로 보면 허름하기 짝이 없는 퐁네프 다리는 센 강 물결과 함께 햇살을 받으며 빛이 났고, 그곳에 선 나는 꽤나 낭만적이라고 생각했다.

물 속에서 숨 쉬기

물속으로 깊이 더 깊이.

어린 시절부터 먼 우주에 대한 이야기나 '나니아 연대기'처럼, 현실에서는 절대로 일어날 수 없는 환상적인 이야기들을 좋아했다. 그것이 꼭 행복한 결말을 맞이하는 것은 아니더라도 말이다.

이야기로 가득 찬 페이지를 펼치면 몽상에 잠긴다. 현실을 외면한다기보다는, 그저 글자 속에 보이는 곳으로 무한히 걸어가는 것이라 여기면서. 나는 이곳을 벗어나 다른 곳에 가고 있다고 믿음으로.

그런 나를 보던 아빠는 영화 '카드로 만든 집 (House Of Cards, 1993)'에 나오는 자폐 소녀와 내가 꼭 닮아 있다고 말했다. 내가 자신만의 카드 성을 쌓고 그 안에 갇혀 있는

놈이라나.

그럼에도 개의치 않고 유유히 전진했다. 나는 깊은 물에 잠기고 나서야 큰 숨을 들이쉴 수 있으니까. 있는 사람을 없게 만들 수도 있고, 없는 사람을 있게 만들 수도 있는 곳. 나의 모든 것을 내보여도 단면으로 나를 판단할까봐 걱정하지 않아도 되는 곳. 심지어는 나를 싫어하는 사람까지도 단번에 나를 좋아하게 만들 수 있는, 그 공간을 언제나 그리워한다. 그곳에 갈 수 있는 시간의 틈이 생기지 않으면 숨을 쉬지 못해 콜록대야 할 만큼.

어쩌면 초능력을 가진 것이라 여겨보기도 했다. 돌연변이 뭐 그런 거. 나의 시린 몸을 잠재우는 허상이 보여. 나는 그 비전을 가지고 있거든. 내 삶에 비극적인 일이 일어난다고 해도, 그렇지 않은 나를 불러올 수 있는 게 나의 능력이야.

내
머릿속에서만
일어나는
일이라고
슬퍼해야 할
이유는 없잖아?

몽상으로 완벽한 위로를 써 내려간다. 맹세코 손에 쥐어 볼 수 없는 것들이라 더 애원하게 될 때도 있지만. 현실을 견더낼 수 없어 숨이 쉬어지지 않으면 더 깊은 심연으로 잠수하면서. 깊이 더 깊이.

나를 비추지 않는 사람

서로 비슷한 사람을 만나면 잘 맞는다고들 하던데, 정말 그런가 보다 고개를 끄덕이다가도 정 반대의 무엇인가가 존재해야 서로를 품을 수 있다는 생각을 해보기도 했다. 상대에게서 얼핏 보이는 나의 모습이 미워지던 날이 있었으니까. 분명 상대를 싫어하는 게 아니라 나를 증오하는 것이었는데, 어째서인지 상대를 향해 미운 감정을 품곤 했다.

어떤 토핑이 뿌려져 있든 간에 상관 안 해요, 내가 미워하는 나의 모습만 빼고 주세요. 그러면 제게 완벽한 사람이거든요.

정확히 어떤 것이 맞아야 하고, 어떤 것이 반대되어야 서로를 지탱할 수 있는지 정의 내릴 수는 없었다. 그저 내가 가지지 못한 적극적인 행동, 자격지심이 없는 마음 등 나의 못남을 비춰 보이지 않는 사람이면 된다고 생각했다.

거기에다가 나와 비슷한 아픔까지도 가지고 있다면 선뜻 호감을 느꼈을 정도로. 본능에서 비롯된 판단이라 여겼다. 우리 인생 되게 비참하다는 동질감이, 곧 우리에게 다가올 어수룩함을 모두 보듬어 줄 거라 생각했으니까.

그러면서도 서로의 상처를 완전히 드러내는 일은 없었으면 좋겠다고 선을 그었다. 우리는 모두 복잡미묘한 사람들이잖아. 나 또한 이리저리 얽혀있는 존재일 뿐이고. 과거의 일로 서로를 찌르며 깊이를 재고 싶지는 않아. 난 그저 타인을 이해할 수 있는 폭을 더 가지게 된 것이라고, 그렇게 여기려고 부단히도 노력해왔거든. 그러니까 당신도 그런 사람이었으면 좋겠어. 뭐 그런 생각.

그런데 애초에 그런 사람을 찾는 것이, 이미 어떠한 종류의 질투와 자격지심 같은 것이었을까라는 의문이 들었다. 어릴 적부터 지금까지 당당하게 살아오는 사람들을 보며, 구질구질한 걱정 없이 사랑을 듬뿍 받은 것만 같아 고결해 보인다고 생각했고. 성스러운 영역에 있는 금빛의 무언가처럼 여겼기 때문에.

너무 고귀해 보이기까지 해서 배척하고 있었는지도 모르겠다. 나는 내가 싫어하는 모습을 하고선 '너희들은 깨끗하게 자라 왔잖아. 그러면서 어떻게 나를 이해해 보겠다는 건데?'라는 교만을 속으로 되새김으로. 또 어느 날은 '나 같은 사람은 이렇게 무구한 사람들이랑 맞지 않아. 나랑은 너무 먼 곳에 있어'라며 먼저 선을 그었는지도 모르겠고.

머리가 지끈거려왔다. 나조차도 고귀한 사람의 탈을 쓰고 싶어했던 비루한 사람이구나 싶어서. 나는 그저 비좁고 누추한 공간에서, 서로가 통한다고 느낄 수 있는 사람을 찾고 있다 생각했는데. 내 생각의 과정과 의식의 회로는 염증에 절어 짓물러버렸을 뿐이었구나. 탄식이 나왔다. 결국 시간이 이만큼 흘러서야 깨닫게 되었다는 한숨도.

이제 보내야 할 때야

'내가 말이지…'

쉽사리 입을 떼지 못하던 친구 C는 결심한 듯이 내게 고백을 해왔다. '글을 잘 쓰는 친구가 하나 있었는데, 그 친구를 볼 때마다 내가 억누를 수조차 없는 질투가 느껴졌어' 그러고는 같은 자리에 있는 것조차 싫어질 만큼 감정이 격해져 갔고, 결국에는 얼굴 보기 싫다는 메시지를 하나 남겨놓고 연을 끊어버렸단다. '이런 내가 정상인 걸까?' 자문하듯이 내게 묻기도 하던 그는 잠깐의 침묵도 견디지 못하고 이야기를 계속해나갔다. '나보다 나은 점들, 그리고 내가 가지지 못한 부분들을 가지고 있는 사람을 보면 미워하는 것을 멈출 수가 없어. 내가 너무 못난 사람처럼 느껴져서' '사실 네가 책을 낸다고 했을 때도 울적했어' 그러면서도 그런 생각을 하는 자신이 싫어지는 것 또한 피할 수 없었다는 C. 친구의 이야기를 듣던 나는 질투라는 감정에 대해 생각해 볼 수밖에 없었다.

질투는 나보다 상대가 아주 조금이라도 더 하찮았으면 좋겠다는 마음으로, 대개 나와 비슷한 처지에 있는 사람이나 가까운 사람을 향해 생기곤 한다. 함께 하던 친구에게 질투를 느꼈다고 고백하던 C처럼. 같이 60점을 받던 친구가 갑자기 좋은 점수를 받았을 때, 사무치게 느껴지는 아주 얄팍한 마음이리라. 옆집 유미네, 같은 반 친구, 같이 부장님 욕을 얻어먹던 직장 동료, 오래된 학교 동창, 혹은 교회 이권사의 손주들을 놓고 말이다. 뜬금없이 저 먼 나라의 만수르나 삼성의 이재용 대표를 뼈저리게 부러워하며 땅을 치고 우는 경우는 별로 없으니.

나조차도 우스운 질투에 빠진 적이 수두룩했다. 중학생 때만 되돌아봐도 같은 반에 있는 하은이를 질투했으니까. 한 반에 두 명의 하은이라니. 친구들이 '하은아!'라고 부를 때 뒤돌아 보는 사람은 언제나 나 한 명이었는데, 다른 하은이의 이름이 조금 더 많이 불리는 것 같아서 울적했다. 그리고 성인이 된 지금은 어떠한가. 나는 남자친구의 전 여자친구를 지독하게도 질투했다.

그의 추억 한편을 차지하고 있다는 낭만적인 부러움으

로, 특정한 그 시기를 떠올릴 때면 항상 똑같은 자리에 같은 모습으로 머물러 있는 사람이라는 게 싫었다. 애틋함을 가장한 아름다운 추억으로 그려질 존재가 너무나도 부럽고 무서워서. 그래서 나는 연고 하나 없는 먼 나라의 그녀를 미워하고 사모했다. 어느샌가 그녀를 나무랄 곳 하나 없는 다른 차원의 성스러운 존재로 창조해내고선 질투와 자학의 순환도로를 달리고 있었으니까 말이다. 친구 C의 질투 스토리를 듣고 저절로 나를 돌아보게 되었던 건 나조차도 억센 감정에 휘둘리는 사람이었기 때문이었다.

'나는 질투심을 느낄 때 네 번 괴로워한다. 우선 질투하는 것 자체가 괴롭고, 질투하는 나 자신을 책망하는 것이 괴롭고, 내 질투심이 상대에게 상처를 줄까 봐 두렵고, 내가 그런 시시한 감정에 굴복할 수밖에 없다는 것이 괴롭다'라는 프랑스의 철학자 롤랑 바르트의 말에 나도 깊이 공감하는 바였다. 질투라는 건 내가 상대를 부러워하고 있다는 인식만으로도 괴로운 감정을 주기에. 이런 시시한 감정으로 골골 앓는다는 사실 자체가 나를 더 못난 사람처럼 보이게 하니까.

그래서 우리는 해결 방법으로 질투의 대상으로부터 멀어지는 것을 선택한다거나 그 대상을 제거해 버리고 싶다는 생각을 한다. 일단 나의 감정이 너무 불안하고 고통스러워서 피하고 싶은 마음이 크기 때문에. 그런데 그것이 절대적인 해결 방법은 아니라는 것도 이미 알고 있기에 더 괴롭기도 하다. 당장은 편안할 수도 있지만 내 안에 끓는 감정은 다른 누군가를 향해 언제라도 터질 준비를 하고 있을 테니까.

결국 이 모든 상황 속에서 진정으로 극복해야 할 대상은 타인이 아니라 나 자신이었는데. 언제나 자기 파멸의 끝에 다다랐을 때 '악' 하는 외마디 비명과 함께 깨닫는다. 질투라는 감정은 내가 가진 것을 바라볼 수 있는 시야를 닫고 남이 소유한 것만을 거대하게 보는 감정의 시선이라는 것도.

그래서 나는 스스로에게 말한다. 네 감정으로부터 너를 편안하게 만들 수 있는 사람은 바로 너야. 네 앞길을 가로막고 있는 유일한 사람도 너였거든.

그래서 나는 우리에게도 말한다.

우리가 스스로를 아름답게 바라볼 수 있게 되는 날, 너와 나는 질투로부터 벗어날 수 있을 거야.

잠깐 생각만 해봤을 뿐인 걸

작은 손으로 부욱 찢어낸 종이들. 신문지였을까 버려지는 책이었을까. 나는 그것들을 오려내고 또 오려냈다. 아빠가 서재에 있는 자석 보드에 붙여줬으면 좋겠다는 생각을 하면서.

그날은 그냥 그런 날이었다. 뾰로통한 표정을 짓고 있으면서 누군가 내 마음을 알아주길 바랐던 날처럼. 수많은 지우개질로 종이가 얇아질 만큼 고치고 또 고친 그림을 들고 갔던 날처럼. '아빠, 이 그림 조금 이상하죠' 물어봐 놓고, '괜찮은데' 라는 말을 듣고 싶어 했던 날. 그때는 '그러게, 못 그렸네' 라는 말을 들었지만. 오늘은 다를 수도 있잖아.

붙여달라고 부탁하는 말을 꺼내볼 수가 없어서 바닥 한 구석에 놓아두었던 마음. 그렇게 알아주길 바랐던 마음과 빳빳하게 펴져 있던 모습은 온데간데없이, 공처럼 일그러졌다. 엉성하게 잘린 종이 뭉치들은 쓰레기통에서 모습을 드러냈으니까. 그럼 그렇지…. 아빠는 내 마음을 몰라.

종이를 툭 – 하고 바닥에 던졌다. 할머니 집에 가서도 글씨가 가득 찬 종이를 오려냈다. 책상도 한번 훑어보고, 책꽂이도 슬쩍 보고. 내가 고의로 자리를 비운 사이 사라진 종이를 찾기 위해서. 분명 쓰레기통 안에 있을걸. 무덤덤한 척하면서도 가장 먼저 쓰레기통을 살펴보지는 않았다. 어디에 붙여달라고 부탁한 적도 없으면서.

그런데 종이는 삼촌 방 한편, 작은 코르크 보드에 대롱대롱 매달려 있었다. 어떻게 내 마음을 알았지? 잔뜩 심드렁한 표정으로 '삼촌, 이걸 왜 붙여 놨어?' 물어보았으나, 사실은 신이 난 상태였다. 알아주길 바랐으면서도 진짜로 알아주니 이상야릇한 기분이 들어서.

'마음에 들어서 붙여놨는데. 붙이라고 잘라 준 거 아니었어?'

나는 그렇게 아빠와 삼촌을 단숨에 비교해버렸다. 삼촌이 우리 아빠였다면 내 그림을 예쁘다고 칭찬해 줬을지도 몰라. 내가 입을 댓 발 내밀고 있을 때 등을 내어줬을지도 모르고.

아직도 나는 이런 미숙한 행동을 한다. 티 한번 내지 않았으면서 나에게 슬픔을 묻지 않을 때, 챙겨 달라고 말 한 적도 없으면서 챙김 받지 못할 때. 그렇게 말로 표현하지 않고 내심 알아줬으면 좋겠다고 생각할 때가 있다. 그리고 그 일이 일어나지 않는다면 잠시 서운해하곤 하는 것도.

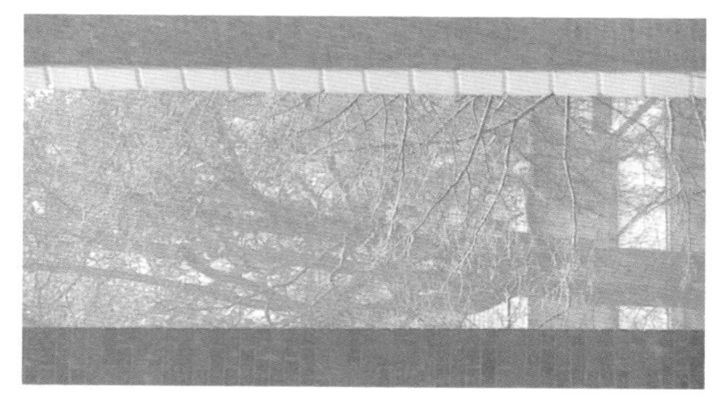

낙하

아아 아 아무 이유 없이 눈물이 흐르고. 자꾸만 누군가가 보고 싶고. 모르는 이를 향한 그리움에 사무친다. 1년이 넘는 시간 동안 지속된 록다운이 나를 이렇게 만든 건지. 그냥 내가 이렇게 된 건지. 어어 어 어디를 가도 열려있는 문은 없고. 매일 똑같은 옷을 입고 똑같은 일만 반복해서 그런가 요일이 어떻게 지나가는지도 잘 모르겠다. 어떻게 살아있다 보면 주말이라는 단어가 오는데, 별 역할은 없는 것 같고. 그냥 책상 앞에 앉아 노트북을 두드린다.

눈을 감았다 떴는데 심장이 멈추면 어떡하지. 푸핫. 누가 들으면 별 같잖아 보이는 걸로 고민을 한다. 사실 나는 죽고 말고를 고민하는 게 아니라 두려움에 덜덜 떨고 있다. 불안은 그렇다니까요. 어느 날 화장실 벽에 붙어있는 초파리가 나를 죽일 것만 같다는 공포에 빠지면, 초파리를 보고도 기절하는 게 사람이잖아요. 배가 사르르 아파지기 시작하면 몸속에 종양이 자라나는 것만 같다. 픕. 아니 진짜라니까요.

인터넷을 켜면 오직 슬래셔 필름(Slasher films)* 을 검색해서 목록을 훑어본다. 결국 평점은 1.5점을 줄 거면서. 내용도 신경 쓰지 않고, 영상도 신경 쓰지 않고 그냥. 제가 지금은 환상적인 이들의 아름다운 드라마에 눈물을 줄줄 흘려 줄 여력이 없거든요. 붉은색으로 튀기는 핏방울들과 처절하게 울려 퍼지는 비명. 그 시끄러운 음악소리가 나를 진정시켜 준다면, 믿으시겠어요?

아아 손이 저려. 새벽이 되면 왼손이 저려서 일어난다. 불안은 잠을 자도 끝나지를 않아. 이제는 이게 꿈이었는지 현실이었는지 분간할 수도 없다. 눈을 질끈 감았다 뜨면 몸이 움직이지를 않는다. 예전에는 누군가가 내 귀에 속삭이는 것만 같아 귀신 따위를 볼까 봐 무서워했는데…… 지금은 숨이 쉬어지지 않아 죽어버릴까 무섭다. 입을 크게 벌려서 숨을 들이 마시고 싶은데 움직일 수가 없어. 난 이제 정말로 죽게 되나 봐. 엄지손가락이 까딱 움직이고 다시 잠에 든다.

몇 년 전까지만 해도 하고 싶은 게 너무 많아서, 항상 잠을 적게 자고 더 많은 것을 하려고 발버둥 쳤는데. 남들이 말하는 보잘것없고 사소한 것에서 황홀함을 느낄 수 있다고 굳게 믿었는데. 지금은 잘 되지를 않는다. 이제는 정말로 되지를 않는다. 그냥 아무것도. 스트레스가 날 죽게 하면 어떡해. 아무것도 할 수가 없다. 어쩌면 그냥 아무것도 하기 싫은가 보다. 내가 무엇에서 기쁨을 느꼈던가 기억이 나지 않아요. 오늘은. 그냥. 10대의 내가 된 것 같다. 거리를 걸을 때 끊어지지 않던 생각. 허무해 - 나의 모든 게 — 그때도 그랬었지. 나는 왜 여기에 - 있는 걸까 —— 그리고 다시 돌아와 나는 —지금 무엇을 — 하고 있는 걸까 - 라는 생——각에 빠지고. 생—각이 자꾸만 많아져 피곤해진다. 평——소————라면 ———언제나처럼 나를 단련시켜 — 그 생각을 금방 끊—어 버렸을 텐데.

* 슬래셔 필름: 정체 모를 인물이 많은 살인을 저지르는 끔찍한 내용을 담은 영화 종류

폭풍우

'지잉…'

핸드폰 진동이 울렸다. 전화 받는 것을 좋아하는 편은 아니라 누구지? 확인만 해보려 했는데 '아빠'였다.

'여보세요?'

전화를 받자마자 요즘도 잘 지내고 있냐, 영국은 어떻냐 시답지 않은 이야기들을 몇 분 가량 하시더니 이런 말씀을 하셨다. '한국 들어오면 정신병원에 가봐, 요즘 그런 거는 엄청 흔하다고 하더라…' 꽤나 담담한 말투로 '정신과 말고 심리 상담치료 같은 것도 많이 받는 다니까 한번 알아봐' 따위의 말을 이어나가셨다. 어안이 벙벙했다. '내가 정말로 정신병에 걸렸구나' 확인 사실을 받은 것만 같아서. 나는 별일도 아니라는 것처럼 '하하 한번 알아볼게요'라고 말했는데, 울고만 싶었다. 차라리 머리가 돌아버린 거냐고 욕을 퍼부었다면 '알지도 못하면서 왜 저래?' 짜증스럽게 눈을 감고는 말았을 텐데. 아무것도 아닌 척 위로하려는 목소리에 오히려 서글퍼졌다.

'별 이상 없어요.'

A&E(Accident and Emergency/응급실) 두 번, 수도 없이 전화를 걸었던 GP, 300파운드나 내고 갔던 개인 병원 한 번. 내가 갔던 병원들이 내놓은 결과였다. 매일 죽을 것만 같았는데 검사 결과 특별한 이상이 보이지 않는다는 것이었다. 돌팔이 아니야? 영국 국립 병원(NHS)은 의료 혜택이 전부 무료인데, 공짜라서 질이 떨어지는 건 아닐까? 말도 안 되는 생각도 몇 번이고 했다. 그래서 지푸라기라도 잡는 심정으로 개인 의사를 찾아간 것이었는데, 심장 초음파로 이리저리 둘러본 내 심장에는 정말로 문제가 없다고 했다. 그런데 왜 내 심장은 숨이 찰 정도로 두근거리고 가슴은 목이 졸리는 것처럼 답답하며 온몸의 구석구석이 바늘로 찔리는 듯 아팠던 걸까.

평소와 같이 말을 하는데도 숨이 막혀 질식할 것만 같아 난 이제 죽는구나 싶었다. 매 순간마다 왼쪽 갈비뼈 사이에 손가락을 눌러 댄 채 심장 박동을 느꼈고, 시도 때도 없이 손목의 맥박을 세어 봤다. 불안감이 제어가 안 될 때는 급히 화장실에 가야겠다며 자리를 뜬 후, 변기에 앉아 덜컥대는 심장 소리를 들었다. 그리고선 긴장감으로 덜덜 떨리는 두 손을 바라봐야 했다.

심장이 멈출까 무서워서 잠도 제대로 잘 수 없었다. 잠을 안 자고 버티다가 졸음을 이기지 못하고 잠에 들 뻔했을 때, 깜짝 놀라 심장이 울컥하는 느낌과 함께 벌떡 일어나곤 했으니까. 당연하다는 듯이 쿵쿵대며 뛰던 심장이 지금 당장이라도 멈출 것만 같다는 두려움은 떠나가질 않았다.

멀리서 다가오는 폭풍우가 시야에 들어왔다. 손을 펼쳐 앞으로 뻗으면 손바닥을 툭툭 치는 누런 빗방울들도 느껴졌다. 내 감정이 안정을 찾을 수 있는 실마리를 찾아야 했으나, 어떻게 해야 나를 안심시킬 수 있는지는 나조차도 알 수가 없었다.

병

내가 아프고 심히 구부러졌으며 종일토록 슬픔중에 다니나이다 _ 시편 38편 6절

가만히 앉아있는데 심장이 덜그럭, 덜컥, 울렁거렸다. 검색해 보니 심실 조기수축이라나. 꽤 많은 사람들이 겪는 것이라고 했다. 심장이 멈추는 혹은 덜컹대는 느낌으로 심한 공포감을 느낄 수 있지만 꽤나 흔한, 죽지는 않지만 식은땀이 흐르는 증상을 나는 겪고 있었다.

몇 주간은 아침에 눈을 뜨자마자 5분 이상 누워있으면 심장이 제멋대로 뛰었다. 내 상상인가? 싶어 손목을 짚어보면 정말로 심장이 쿵 쿵쿵… 쿵 맞지 않는 박자로 뛰고 있었다. 그래서 잠에서 깨면 비몽사몽 상태로 벌떡 일어나 앉아야 했다. 부정맥인가 싶어 홀터 검사를 알아보고 있었는데,

어느 순간 증상이 사라졌다.

시간이 흐르면서 매번 새롭고 이상한 증상들이 나타났다 사라졌다 했다.

'엄마, 내 코에 살갗이 덮힌 것처럼 숨이 안 쉬어져.'

자려고 눕기만 하면 숨이 제대로 쉬어지지 않아서 양쪽 콧구멍을 손가락으로 잡고 늘린 적도 있었다. 미취학 아동이 된 것처럼 쉴 새 없이 코를 후벼 파기도 했는데, 그렇게 하면 콧구멍이 넓어지기라도 할 줄 알았다.

숨이 막혀 죽을까 봐 침대에 눕는 게 무서웠던 나는 의자에 앉아서 쪽잠을 잤다. 그러면 옆구리나 팔 등, 신체의 깊은 곳에서 참을 수 없는 통증이 느껴져서 일어나야 했다.

어느 날은 두근거리는 심장이 일상이라도 된 것처럼, 괜찮다는 듯이 살았다. 그런데 컴퓨터를 하던 손을 보니 핏줄이 볼록하게 튀어나와 있는 게 눈에 띄는 게 아닌가. 원래도 튀어나와 있었지만 더 튀어나온 것 같아 갑작스러운 공포감에 사로잡혔다. 혈액순환이 안 되나? 심장이 안 좋은가? 원래도 이만큼 튀어나와 있었나? 정맥류인가? 몇 시간 동안 오래된 사진들을 찾아보며 내 손만 확대해서 봤다. '지금이 더 튀어나왔다' 결론이 나자마자 손이 바르르 떨려왔다.

정신을 차리고 싶어서 찬물로 세수를 하고 거울을 들여다보면 얼굴이 노랗게 변한 것처럼 보였다. 갑작스럽게 췌

장암 선고를 받고 돌아가신 외할머니 생각이 났다. 깜짝 놀라 눈알을 뒤집어보면 핏기 없는 눈 밑이 꼭 빈혈에 걸린 사람 같았다.

친구들을 만나서 놀다가도 화장실로 달려가 근처에 있는 병원을 검색했다. 내가 쓰러져도 금방 병원에 갈 수 있을까 궁금해서. 정신을 잃고 쓰러질 것만 같았는데, 언제나처럼 머리를 바닥에 '쿵' 박으며 실신하는 일 따위는 일어난 적이 없었다.

주변의 소리가 들리지 않았다. 몸의 작은 반응들이 나를 죽게 하는 죽음의 위기처럼 느껴졌다. 등이 조여오고 가슴이 조여와서 정신이 아득해졌다. 온몸을 죄는 불안감을 티내지 않기 위해서 호탕하게 웃는 척하는 것도. 이제는 그만하고 싶었다.

'정신적인 문제가 생기면 없는 소리도 들리고 존재하지 않는 것도 보인다는데, 없는 병의 아픔도 느낄 수 있게 하는 것이 뇌겠지? 내 몸이 진짜 죽어가는 게 아니라 내 생각이 문제인 거니까 정신을 바꾸면 감쪽같이 사라지겠지? 그럼 괜찮아질 거야. 나는 고통 가운데 빠지지 않을 거야.' 수많은 생각들이 머릿속을 어지럽혀 속이 메스꺼웠다.

'사람이 이렇게 미쳐가는 걸까?'

가만히 앉아 있다가도 문득 서러워져서 눈물을 흘리는

날이 많아졌다. 내 가족들을 두고 천국에 가서 외로우면 어떡하지. 마지막 인사를 나누는 장면들을 상상해 보다 잠에 들기 일쑤였다. 인생의 허망함을 되새겨 보다가도, 아직은 죽음이라는 게 무서워서 꼭 살고 싶었다. 실소가 나오는 어이없는 생각들을 매일 품었다.

나는 정신병에 걸렸다고 인정해야만 했다.

순환되지 않는 느낌들

시간이 점점 더 빨리 가는 것 같다. 6년만 참으면 성인이 된다는 안도감을 느꼈던 날이 아직도 생생한데. 참 이상해. 시간이 많이 남았으니까 공부는 내일 해도 되겠다. 그렇게 세어봤던 6년이, 6이라는 숫자가 마치 어제 펼쳐 보았던 페이지처럼 선명하다.

얼마 전에 있었던 일이라고 꺼내보는 날들은, 자꾸만 오래된 일들이 되어간다. 학교 앞을 지나가던 아빠의 봉고차. 부르르 떨며 앞으로 나아가던 작은 차에서, 왜소한 빌라를 다 가릴 만큼 큰 택배 차로, 그리고 보닛에서 김이 펄펄 나던 봉고차로 끝없이 변태하던 아빠의 차. 새롭게 생긴 차는 깨끗한 비닐을 벗겨내는 것으로 개시하는 것이 아니라, 누군가의 흔적을 지우기 위해 구석구석을 박박 닦아 내야 했다. 그럼에도 차 문을 열면 방향제의 화한 향기와 쿰쿰한 냄새가 벌컥 들어왔다. 나는 언제나 덜그럭 거리는 차 뒤에 앉아 몸을 웅크렸고. 문짝과 풍경을 반반 나누어 보았던 그때와 앞 좌석에서 넘어오던 목소리들은. 윙윙 모깃소리에 박박 긁어 댄 볼따구처럼, 아직도 불그스름하다.

이게 벌써 3년 전 일이네…. 아니, 5년 전 일이었던가. 다 지나가 버린 일들. '다 지나가 버렸다' 맞는 말이지만, 마치 그제 일어났던 일처럼 생색을 내기에는 너무나도 많이 지나가 버린 일이 되었잖아. 듬성듬성 심겨 사선으로 사라지던 창밖의 나무들을 다시 보고자 안간힘을 쓰면, 시간과 시간 사이의 공간을 깨닫게 된다. 느낌은 선명한데, 몸짓이 기억나지는 않아. 내가 어떤 표정을 짓고 있었더라.

물속에서 들리는 소리가 되어 곧장 아득해진다. 웅웅 울리는 이상한 소리들. 선명하고 흐리고. 그래서 기분이 오르락내리락. 내 안에서는 환기되지 않는 것들이 자꾸만 나열되고, 겹겹이 쌓여만 간다. 순환되지 않고 계속 같은 자리만 맴도는 나는. 지루해.

맞아, 딱 지루하다고 느낀다. 기억해 볼 어제의 일이 없어서. 오래된 이야기에 먼지가 쌓이기도 전에 후- 불어낸다. 먼지를 뒤집어쓴 건 오래되고 낡은 것이 아니라 현재의 나일까. 그래서 지겨운가 보다.

창문을 열고

이불을 돌돌 싸매고 날카롭게 파고드는 겨울바람을 맞는다. 창문을 닫는 것보다는 이게 나아. 창문의 틈은 날이 풀려갈수록 한 뼘씩 넓어진다. 타닥 타닥 튀기며 문턱을 넘어서는 빗방울도 개의치 않는다. 창문을 닫으면, 투명한 창 너머로 보이는 세상이 모두 가짜처럼 보여. 창문으로 들어오는 냄새와 가끔씩 머리카락을 흩뜨리는 바람. 그런 것 없이 보이는 풍경은 이질적일 뿐이거든. 그래서 재촉한다. 문 열어도 돼? 조금만 열자. 유독 집에서만 그래. 곰팡이가 피어오르던 집이 준 습관인 걸까. 환기를 열심히 시켰더니 하은이가 감기 한번 안 걸리고 겨울을 났네. 어린 딸이 지하 방에서 골골 앓기라도 할까 봐, 아침저녁으로 창문을 활짝 열던 엄마. 어쩌면 엄마가 생각나서 그런가 봐.

나는 너에게 내 자유를 준 거야

우리는 서로의 일상을 마무리하는 저녁이 되면 런던아이로 산책을 갔다. 더 정확히는 런던아이를 몇 발자국 지나면 있는 잔디밭으로. 그 앞에는 벤치가 있었고, 벤치 앞 구석에는 매일 똑같은 곡을 바이올린으로 연주하는 아저씨가 있었다. 우리는 그 멜로디를 하루를 종료하는 엔딩 음악처럼 들었다. '집에서 연습하면 시끄럽다고 하니까 여기에 나와서 연습을 하는 걸까' 이런 시시한 말들을 하면서.

잔디밭은 우리가 걷는 길의 전환점이었다. 그곳에서 하는 거라곤 묵묵히 템스강을 보다가 사뭇 진지하게 연주를 하는 아저씨를 보다가, 엉덩이에 묻은 잔디를 털어내고 다시 집으로 향하는 게 전부였다.

나는 엉덩이를 눌러 붙이고 앉아 있을 때보다는 걸어가

는 길 위에서 더 진지해지는 사람이기 때문이었다. 가만히 앉아서 이야기하는 것보다는 나란히 걸어가면서 말하는 것을 더 좋아하는 사람.

옆 도로를 달리는 자동차의 엔진 소리, 길을 걸어가던 누군가의 재채기 소리, 외부 공간에서 수없이 만들어지던 소리들. 방해가 가득한 소리 사이에서 대화를 하면, 내가 어떤 말을 하던 요란스럽게 퍼지지 않고 자연스럽게 자취를 감출 것 같았다. 그렇게 우리를 향해 불어오는 바람이 나의 언어도 흐트러지듯이 불어 가기를 바라는 것이었다.

여전히 공사 중인 빅벤을 지나고, 웨스트민스터 공원 옆길을 지날 때쯤, 우리는 앞으로 어떻게 살고 싶은지. 가까운 일상의 목표와 어슴푸레 그려보는 미래 계획 같은 것들을 나눴다.

-정확히 어떤 일을 하고자 하는 건지 모르겠어. 하고 싶은 일들은 있지만 그게 맞는 건지, 그리고 내가 잘 해낼 수 있는 건지도 모르겠고…. 작품으로 잘 되면 좋겠지만 그게 어려운 일이라는 걸 잘 아니까. 예술가를 꿈꾼다는 게 허망하다는 생각을 하기도 하거든. 다시 나를 가난하게 할 것 같아서.

-난 하은이가 원하는 꿈을 이뤘으면 좋겠어. 꼭 무언가

가 되라는 말은 아니야. 그저…, 네가 하고 싶은 일을 하면서 살았으면 좋겠다는 거야. 그게 직업을 안 갖는 일이라고 해도 괜찮아. 그러니까 직장을 못 구할까 봐, 혹은 돈을 못 벌까 봐 너무 걱정하거나 조바심 가지지 마. 나는 내 꿈을 이루는 것에는 관심 없어. 내가 더 노력해서 네가 더 많은 것을 할 수 있도록 해주고 싶을 뿐이니까.

그날따라 들려오는 소리 하나 없이 잠잠하던 도로 위, 나는 진심 어린 그의 말에 감동받았으면서도 '그럴 리가 없어' 붕 떠오르는 마음을 다잡느라 애를 먹었다. 그가 그런 말을 할 때마다, 나는 스스로 서 있으려는 힘을 잃고 자꾸만 의지하고 싶어졌기 때문이었다. 무언가에 의지했다가 속절없이 무너져 내리면 더 아프잖아. 그래서 싫었는데.

내가 진심으로 믿어버리면, 기다렸다는 듯이 떠나가 버리던 사람들. 이성의 사랑이던 나를 딸처럼 생각하고 도와주겠다던 어른들…. '우리 아들 둘이 하은이처럼 자랄 수 있게 도와줘. 그럼 너의 앞길을 후원할게.' '우리는 하은이를 딸이라고 생각하니까.' 걱정스러웠던 아들들의 인생이 피기 시작하자, 나는 벌컥 마신 피로 회복제 병처럼 쨍그랑 쓰레기통으로 들어갔다. 내 인생은 항상 이런 식이었다. 그러니 나를 찾아오는 사람들을 쉽사리 믿을 이유는 없었다. 내가 이유 없이 사랑받는다는 것은 말도 안 되는 이야기라는 걸 배웠으니까.

그렇게 형성된 부정적인 감정은 이기적인 사랑을 요구하게 했다. 끊임없이 그럴 리가 없어. 거짓말 치지 마. 말도 안 되는 소리. 내가 믿을 것 같아? 따뜻한 말들을 쌀쌀맞게 받아치면서. '사랑이 어디에 있는데?' 사랑의 형태를 만들어 오라는 듯, 묻도록.

그런데 이상하게도 그는 나를 내치지 않고 계속 똑같이 군다.

-하은아, 나는 너에게 내 자유를 준 거야.

우리는 지노와 니농이 된 것 같았다. 물론 내가 니농이고. '결혼식 가는 길' 이라는 소설에서 니농은 자신이 에이즈에 걸렸다는 사실을 알자마자 매몰차게 지노를 떠나려고 했다. 지노는 병의 존재를 알아차리고도 상관없다는 듯이, 니농을 보트에 태워 강 멀리 있는 섬을 보여주려고 했고.

요동치는 배 위에서 니농은 지노가 자신을 죽이려는 줄 알고, 아니라면 함께 동반 자살이라도 하려는 줄 알고 매섭게 소리쳤다. 우리는 물살을 거스를 수 없어. 나한테 대체 뭘 보여주려는 거야? 자기가 얼마나 훌륭한 뱃사람인지 증명이라도 하려는 거야?

-아니, 우리가 어떻게 살아가면 될지를 보여주려는 거야. 우리 둘이.

저항할 수없이 흘러가는 강물 위에 몸을 맡긴 그 둘은 출렁이는 굴곡과 함께 섬으로 가는 물길을 찾는다.

사랑한다는 말은 가끔씩 너무 흔하게 느껴져서 너도 그저 흔한 단어 하나를 읊은 것뿐이겠지. 이런 생각이 들 때가 있다. 그런데 자유를 내게 주었다는 말은, 믿지 못하는 나를 설득하려는 그의 최선이었던 것 같아서. 정신이 번쩍 들었다. 아마 니농도 지노가 사랑하기 때문에 떠나지 않을 것이라고, 사랑이라는 단어를 들먹이며 설득하려 들었을 때보다는 우리가 어떻게 살아가면 될지를 보여준다고 했을 때. 함께 보트에 몸을 싣고 울렁일 때 마음을 확인했겠지.

쓰레기통에 들어갈 때도 일종의 품위를 유지하고 싶었던 나는, 저 사람들이 나를 던진 게 아니라 내가 걸어 들어가는 거야. 말도 안 되는 자존심을 부릴 수 있는 여지 따위를 만들고 있었는데. 그의 말이 진심이었던 순간에, 그 순간을 믿어보는 것도 나쁘지 않겠다는 생각이 들었다.

일어날 일보다는 순간을 믿으면서 사는 거지. 지금의 감정이 진심이었다면 미래의 변화는 누구의 잘못도 아닐 테니까.

곧 변해버릴 수도 있다는 가능성이 두려워서 현재를 망치는 건 이제 그만하고 싶어졌다.

2부

그 감정에 함께 머물러 줘야 해

고요한 베를린: #1 이상한 친절

베를린을 여행하는 내내 이곳이 낯설다는 생각을 했다. 금세 익숙해질 수 있었던 유럽의 여느 도시들과는 사뭇 달랐기 때문이었다. 마치 남의 집 울타리 틈새로 몰래 들어가 구경하는 사람들이 된 것처럼, 낯선 사람이자 침입자 표를 붙이게 된 것만 같았으니까.

'칭챙총'

독일 기차역에서 들었던 첫 마디였다. 대걸레를 어깨에 메고 지나가던 청소부 아저씨 둘이 친구와 나를 보고 뱉어 냈다. 런던에서는 단 한 번도 들어본 적 없는 말이었다.

전시회에 가기 위해 버스에 올라타면, 뒷좌석에 앉아있던 개구락지처럼 생긴 꼬마 아이들이 우리를 보고 웃었다.

'아시아인들은 꼭 개 짖는 것 같은 소리를 내. 왈왈' 버스에 탄 승객들 중 누구 하나 제지해 주는 이가 없었기에, 그들의 비웃음은 도착지에 다다를 때까지 이어졌다. 고개 한번 옆으로 못 돌려보고 내렸다.

길을 걸어가면 우리를 외계인 보듯이 쳐다보는 사람들이 있었다. 이런 도시는 처음이었다. 나는 그들에게 관심이 없었는데, 그들은 왜 이렇게나 나에게 관심이 많았던 건지. '관심을 안 가질 수는 없는 걸까?' 나로 하여금 파파라치에 시달리는 슈퍼스타가 할 법한 고민을 하게 만들 정도였다.

요즘 같은 시대에 누가 대놓고 인종차별을 하겠느냐고 어림잡았었는데. 역시나 오산이었다. 최첨단 시대라고 해서 사람의 지능과 공감 능력까지도 최첨단은 아니라는 것을 다시 배웠다. 21세기라고 부르는 현대 사회의 인종차별은 흑인 노예를 동물처럼 부리던 때같이, 무엇이 잘못된 건지도 모르는 사람들로 인해 자리 잡은 문화 같은 것은 아니지만. 여전히 뿌리 깊이 존재하기에 영영 사라지지 않고서 자라나고 시들기를 반복할 것만 같았다. 내가 속해있는 한국 사회조차도 수많은 다문화가정 중에서 까무잡잡한 피부를 가진 사람을 보면 먼 타국에서 온 가난뱅이라고 치부해버리는 이상한 습성을 가지고 있으니, 인간의 유전자에는 인간 차별 세포가 있다고 믿는 게 더 편하리라는 생각도 들었다.

그렇게 나는 사람을 마주칠 때마다 단 두 가지의 조건을 놓고 분류하게 되었다. 이 사람은 인종차별을 할 사람인가 안 할 사람인가 하는 경계. 외부적으로 보이는 나의 형태가 미치는 영향력을 베를린 땅을 밟으면서 뼈저리게 느꼈던 탓이었다.

'길을 찾고 있는 거야? 어디로 가려고?'

잠시 숨을 고르고 있으면 또 다른 사람이 우리의 영역을 침범해왔다. 이번에는 참으로 이상한 도시의 이상한 친절이었다. 핸드폰 화면에 구글 지도 하나 띄워 놓았을 뿐이었는데, 어디에 있었는지도 모르던 사람이 불쑥 나타난 것이었다. 인종차별을 할 사람은 아닌가 보다 싶어서 경계는 조금 풀었지만 낯선 이의 친절이 당황스러웠다.

'이 트램 타고 가려는 거야? 이건 네가 가려는 곳과 반대 방향으로 갈 거야. 저쪽 굴다리 밑 쪽으로 가서 왼쪽 길로 간 다음에…' 그는 유창한 독일식 영어로 가는 길을 구구 절절 설명해 줬다. 도와달라고 붙잡은 적도, 여기가 어디지? 소리 내어 말한 적도 없었는데.

그날 이후에도 친구와 내가 구글 지도를 열고 들여다 보기만 하면 자석에 이끌리듯 사람들이 다가왔다. 심지어는

‘여기가 어디일까’ 궁금한 표정과 함께 주변을 잠시 두리번거리기만 해도 눈앞에는 어디선가 나타난 독일인이 서있었다. ‘길 찾고 있어?’ 물어보면서.

아무리 생각해 봐도 베를린은 이상한 도시였다. 내가 여행했던 유럽 국가들 중에 제일 특이한 감각을 주었던 도시라고 확신할 수 있을 만큼. 배척하는 사람들과 친절을 베푸는 사람들이 섞인 곳에서 히틀러와 유대인의 역사를 유심히 들여다보던 우리들의 조화 또한 심히 아이러니했기에.

First they came for the Communists
And I did not speak out
Because I was not a Communist

Then they came for the Socialists
And I did not speak out
Because I was not a Socialist

Then they came for the trade unionists
And I did not speak out
Because I was not a trade unionist

Then they came for the Jews

And I did not speak out

Because I was not a Jew

Then they came for me

And there was no one left

To speak out for me

나치가 공산주의자들을 덮쳤을 때,

나는 침묵했다.

나는 공산주의자가 아니었기 때문이다.

그 다음에 그들이 사회주의자들을 가두었을 때,

나는 침묵했다.

나는 사회주의자가 아니었기 때문이다.

그 다음에 그들이 노동조합원을 덮쳤을 때,

나는 침묵했다.

나는 노동조합원이 아니었기 때문이다.

그 후 그들이 유대인들을 덮쳤을 때,

나는 침묵했다.
나는 유대인이 아니었기 때문이다.

그들이 나에게 닥쳤을 때는,
나를 위해 말해 줄 이들이
아무도 남아 있지 않았다.

〈First they came…〉 - Martin Niemöller
〈처음에 그들이 왔을때…〉 - 마르틴 니묄러

독일은 유대인 대학살의 중심지로, 학살이라는 잔혹한 역사와 방관으로 동참한 침묵자들의 역사가 혼합되어 있다.

500년 전쯤 일어났을 법한 반인륜적 홀로코스트는 백 년도 채 되지 않은 1933년에 일어났는데, 그 해 1월에 집권한 나치는 독일인을 '우월한 인종'으로 분류하고 유대인은 '열등한 인종'으로 규정했다. 유대인을 독일의 인종 사회를 위협하는 동물 혹은 그 이하의 더러운 존재로 치부해버린 것이나 다름없었다. 그래서 나치 독일은 유대인 전멸 계획인 'Final solution 최종 해결' 을 수립하고, 그 시기 유럽에 살고 있던 유대인 9백만 명 중 6백만 명을 학살했다.

베를린에는 '홀로코스트 메모리얼'을 이름으로 걸어놓은

수많은 박물관들이 있다. 과거의 추함을 숨기지 않고 인정하는 모습으로 독일인의 역사의식을 보여주는 것이라 했던가. 보여주기 식이라고 여길 수도 있지만, 그들의 세세한 기록물들은 반성문이라 느껴질 만큼 공이 들어가 있었다. 심지어 길을 걸어가는 와중에도 어렵지 않게 유대인 학살과 관련된 역사의 현장을 볼 수 있었으니. 베를린은 역사의 흔적과 함께 살아가는 도시라고 할 법했다.

나 또한 베를린 스토리 벙커(Berlin Story Bunker)에서 오디오 가이드로 유대인 학살의 시작과 끝, 히틀러의 생애에 대하여 3시간 가량을 귀 기울여 들었다. 사실 스토리 벙커 전시장은 다른 미술 전시에 비해서 눈요기 거리가 없는 편이었다. 사진을 프린트해서 패널로 세워놓은 아주 밋밋한 전시물들이 대부분이었으니. 눈에 보이는 것은 두꺼운 역사책 230 페이지쯤에 삽입되어 있을 법한 흔한 사진들인 것만 같았으니까. 그럼에도 오디오 가이드로 전해지는 비참한 홀로코스트 서사는 빈 방을 절규로 가득 채우기에 충분했다. 여과 없이 설명되는 그날의 일들이, 만들어진 영화보다도 섬세하게 다가왔기 때문이었다.

결국은 극악무도했던 한 사람이 저지른 몰살 작전이 아니라 독일 사회와 유럽 사회가 인종차별주의에 동조한, 구조악에 따른 비극이었다는 것. 반유대주의는 유럽 전반에 걸쳐서 일어났던 일이라는 사실. 이 모든 상황들이 피부로 느껴지자, 전 세계에서 일어났던 집단 학살의 역사가 나의 살점을 파고들었다.

1937년 중일전쟁 중, 중국 수도를 점령한 일본군에 의해 '난징 대학살'이 일어나 6주 만에 30만 명의 중국인이 잔인하게 학살되었던 일. 1975년 캄보디아의 공산주의 무장단체가 총 인구 4분의 1에 해당하는 2백만 명을 학살했던 일. 아메리카 대륙에서 2천만 명의 인디언이 학살되었던 일. 그리고 인디언의 피 위에 세워진 미국 워싱턴에는 위선적이게도, 유럽의 유대인 학살을 담은 홀로코스트 메모리얼 박물관이 문을 열었다는 것. 잔혹한 학살의 역사가 인간의 과거에 남아있다는 게 꺼림칙했다. 우리는 여전히 인종주의적 모순과 함께 살고 있다는 사실 또한 불쾌했다.

베를린에 머무르면서 유대인 추모비 공원(Memorial to the Murdered Jwes of Europe), 유대인 박물관(Jewish Museum Berlin), 가든 오브 엑사일(The Garden of Exile), 홀로코스트 타워(Holocaust Tower)등 다양한 역사 유적지와 전시회를 방문했다. 그리고 홀로코스트 타워 안을 거닐 때, 높이를 가늠할 수없이 높지만 좁은 공간 안에 울리는 발걸음 소리를 들으며, 감히 짐작해 볼 수도 없는 줄무늬 옷 속에 갇힌 그들의 심정을 헤아려봤다. 그리고 질문했다.

그때와 지금의 다른 점은 무엇인가.

지금 우리는

그저 학살 없는 홀로코스트를

고요히 누리고 있는 것은 아닌지.

WILLST
MIT

For some reason,
everything look so forlorn

Hamburger Bahnhof mit
Sonderaustellung ermäßigt
Datum: Mittwoch, 22.5.2019 14:25 Uhr
Preis: 7,00 EUR
Beleg: 102341902
Es gelten die AGB und die Benutzungsordnung
der Staatlichen Museen zu Berlin.
Hamburger Bahnhof Emil Nolde
frei (Zeitfenster)
Datum: 22. Mai 2019 14:30
Preis: 0,00 EUR
Beleg: 102341871
Es gelten die AGB und die Benutzungsordnung
der Staatlichen Museen zu Berlin.

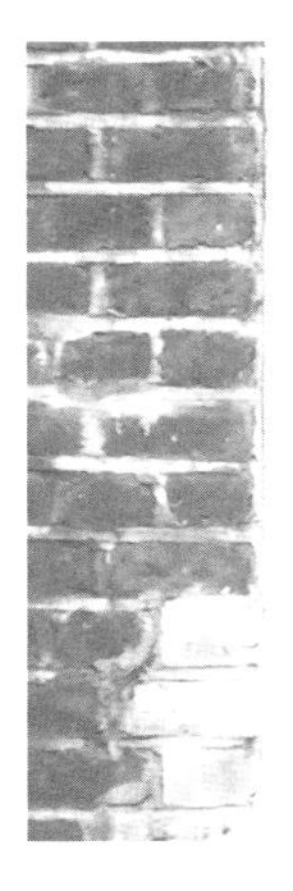

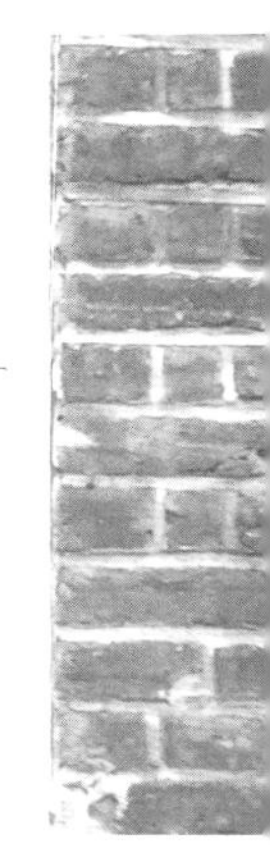

무제

'멍청한 놈들을 가족으로 둔 기분은 어때?' 남의 인생에 대해 비아냥 거리는 것으로 자신의 위치를 확인하곤 했던 아빠는 어느 순간부터 엄마의 가족들에게도 목에 핏대를 세우며 호통을 치기 시작했고, '이 나이 먹을 때까지 대체 뭘 하고 살았길래 병신처럼 할 줄 아는 게 없어!' 본인보다 나이가 훨씬 많은 처형에게도 날카로운 말들을 서슴없이 뱉어냈다. 그럼에도 나는 의자를 발로 차버린다던가 밥상을 엎어버리는 짓은 하지 않았으니 다행이지 뭐, 그렇게만 생각했다. 완벽한 타인이라는 벽이 허물어져 버리면, 그것이 누가 되었든 엄마와 나를 대하듯 하는 아빠였으니까.

다만, 내가 예상하지 못했던 것은 그것이 우리를 마지막 장으로 이끈다는 것이었다. 불가피하게 한 사람의 분노를 몸에 붙이고 살아가던 나는, 불쑥 드러내는 노기를 맞닥뜨리는 일이 당연한 것이 아니었음을 몰랐기 때문이었다.

'우리 땅콩 하식이 왔구나!' 언제나 나를 반갑게 맞아주는 가족이 있는 곳이 할머니 집이었다. 내가 매 주말마다, 방학 때마다 머물렀던 그곳은 간식거리가 가득 담긴 비닐봉지를 부스럭거리며 현관문을 열고 들어와 땅콩 왔어! 반갑게 소리치던 큰이모. 퇴근하는 길에 나니아 연대기 같은 책을 사와서는 '이거 하식이꺼야'라며 건네 주던 삼촌. 방학 내내 위잉 돌아가는 선풍기 바람을 맞으며 같이 그림을 그리다가도 재미난 전시가 열리면 나를 이끌고 가주었던 막내이모. '아이고 예뻐라.' 내가 무엇을 하든 어여삐 여겨 주시던 우리 할머니가 있는 곳이었다. 주말 아침이 찾아오면 방마다 뛰어 들어가서 빨리 일어나 놀아달라고 보챘는데도 누구 하나 성가셔 한다던가 욕지거리를 내뱉지 않았기에 신기한 마음까지 가져보았던 곳. 그곳이 내 진짜 집인 줄만 알았지 뭐야.

하지만 애석하게도 모든 일에는 시작과 끝이 있다는 말은 나를 비켜가지 않았고, 그 일은 돌아가신 할머니의 빈자리가 아직도 크게 느껴지던 때 일어났다.

'당신과 살아야 하는 성은이와 하은이가 너무 불쌍하고 안쓰러워요.' 삼촌과 이모들이 아빠에게 건네었던 말이 화근이었다. 엄마와 내가 평생 입 밖으로 낼 수 없던 짧은 문장이었다. '우리는 당신으로 인해서 가여운 삶을 살고 있어요' 같은 말. 아마 그 화의 근원이 나와 엄마였다면 이유가 무엇인지도 알지 못한 채, 무엇을 용서받아야 하는지도 모르면서 '잘못했어요 죄송해요 용서해 주세요'라고 무조건 빌었을 것이다. 우리는 그런 식으로 가족이라는 유통기한을 연명시키고 있었기 때문에. 그래서였을까, 그 말은 우리가 함께 들이쉬었던 숨을 모두 태워버렸다. 당연스럽게도, 아빠는 그 언사를 절대로 받아들일 수 없었으니까. 그날 이후로도 한참을, 몇 년 동안을 씩씩거려야 했을 만큼.

사실 나는 그 고백을 들었을 때, 드디어 구원받을 수 있는 걸까? 알 수 없는 희망 같은 걸 품었었다. 그가 물건 따위를 집어던질 때 바닥이 아닌 나에게 집어던져 얼굴에 피가 흐르게 한다든지, 머리통이 터져버리게 쥐어 패던가 했으면 좋겠다고 바라왔기에. 그러면 이제야 '나 아파요' 라고 어디 가서 울 수 있지 않을까 소원했던 날들이 떠올라서.

니도 나랑 사는 게 불행하다고 생각하나? 너는 네가 불쌍하다고 생각해? 묻는 그의 질문에 눈을 도르르 굴려보고는 '그럴리가요'라고 답했으면서도. 그저, 누군가가 드디어 알아주었구나 싶어 좋았다.

그럼에도 도망칠 수 없다는 현실을 깨닫는 데는 그리 긴 시간이 걸리지 않았다. 그가 무서워 서럽게 잉잉 울어버리는 큰이모를 보고도, 본인의 상한 자존심에만 신경을 곤두세우던 사람이 나의 아빠였으니까.

엔진 소리가 과격하게 느껴질 만큼 액셀을 꾹 눌러 밟고 '죽고 싶어? 다 같이 죽어버릴까?' 소리치는, 그의 요란한 차 안에 탄 사람은 이제 엄마와 나뿐이다.

나는 무섭지 않아요

그 즈음 일터를 옮긴 부모님 때문에 나는 작은방에서 혼자 살게 되었다. 차라리 다행이라고 생각했다. 그럼에도 며칠에 한 번씩 혹은 일주일에 한 번씩 마주하게 된 아빠는 내가 외갓집을 그리워하기라도 할까 전전긍긍했던 건지, '너도 그 집 식구들처럼 되고 싶냐?' 매번 알 수 없는 화를 냈다. 눈에 눈물이 고이기라도 하면 네가 나보다 불행하기라도 하냐면서, 대체 네가 하는 일이 뭐가 있는데 시위하듯이 쳐 우냐고 했다. 나는 14살이었는데.

좁고 어두운 집이 무서워서 불을 끄지 않고 바닥에 펼쳐진 이불 위에 누우면, 나는 왜 이렇게 살아야 하는 걸까 서러운 눈물이 흘렀다. 매번 그렇게 밝은 불빛 아래에서 잠을 청했다. 혼자 맞이하는 어둠에 적응하는 데에만 6개월이 걸렸다.

억울한 마음은 언제나 달리는 차의 창문을 열고 뛰어내리는 상상을 하게 했다. 고속도로에 나동그라져 산산조각 나는 내 모습을 그려보며 희열을 느꼈다. 나의 살아있음이 당신 인생의 짐이라고 말할 때. 보란 듯이, 당신이 싫어서 이 세상을 떠날 거라고 협박하고 싶었다.

15살 즈음부터는 새치가 났다. 밤샘 공부 때문에 그런 줄 알았다. 한두 가닥, 세 가닥, 네 가닥, 다섯 가닥. 뽑고 또 뽑아도 사라지지 않았다. 그 시절부터 겪기 시작했던 끝없는 절망감이, 그저 머리가 커져서 생기는 고민이라고만 생각했다. 이제는 어린이가 아니니까, 나도 어른들처럼 복잡해진 것이라 여겼는데.

언제나 똑같았던 아빠와의 삶이 힘들어졌던 건, 나를 이유 없이 사랑해 주던 이모들과 삼촌, 그리고 할머니의 부재 때문이었다는걸. 이제야 깨달았다. 우리 땅콩! 하식이 왔구나! 소리를 듣지 못해서. 이제는 사랑받아야 하는 이유를 만들어서 아빠 앞에 내밀어야 했기 때문에.

차라리 없는 아빠의 존재를 그리워하며 사는 삶이 좋을 것 같다고 생각했다. 엄마의 사랑만으로도 충분하다고. 아름다운 아빠의 모습을 상상해 보며, 평생 그리워만 하는 삶을 살아가는 게 더 행복했을 것 같다고.

미지의 세계로 떠나 반은 말이고 반은 인간인 존재들과 싸우는 책 따위를 읽고 감명받았으면서, 나는 아빠 앞에 맞서 본 적이 없다. 어쩌면, 의자 채로 발에 치였던 날 창문을 넘어섰어야 했는데. 나는 당신이 만들어낸 가난이 슬펐던 적 없어요. 그저 당신 때문에 슬펐던 것이지. 말 한번 해본 적이 없다. 그리고 이제 그 시절은 어영부영 지나가버렸다.

다이어리 원칙

빳빳한 새 다이어리. 한 페이지 한 페이지 꾹꾹 눌러 넘기는 종이. 글씨를 이상하게 쓰면 어떡하지 걱정하는 것도 없이. 이미 쭈글쭈글해진 종이들을 넘긴다. 이번에는 9월에 다이어리를 샀다. 새해를 맞이해서 펼치는 다이어리의 첫 장은 없었다.

나는 원래 12월에 다이어리를 사는 사람인데. 정해진 규격에 맞춰서 매년 똑같은 다이어리를. 원래라는 것은 그것이 5년도 더 넘게 지속되었다는, 성격과도 같은 것인데 말이지. 몰스킨 클래식 다이어리. 일부러 삐뚤어진 원을 그리는 사람이라도 된 것처럼, 날짜 없는 다이어리를 펼쳤다. 나를 벗어나고 싶어서.

나.를.

벗어나고 싶어서.

그게 뭐 어때서

#1

나는 발표를 싫어했다. 여러 사람 '들' 앞에서 내 의견을 말해야 하는 비스름한 상황들 전부를. 사람들 앞에 선다는 것 자체가 나의 치부를 내보이는 것이나 다름없다고 여겼기 때문이었다. 내가 주체가 되어 말하는 것을 치부라고 표현하는 게 맞을까 싶지만, 나는 그렇게 느꼈다. 그것이 화기애애한 마을 회관 같은 분위기라고 할지라도 말이다.

'순서대로 돌아가면서 발표를 해보도록 하겠습니다.'

최악이다. 내가 대재앙 수준으로 여기던 발표는 준비 없는 발표였다. 한 달 전에 알려줘도 하기 싫어 노래를 부르는데, 갑작스러운 발표라니. 누군가의 작품 설명을 듣기 위해 웅성웅성 모여있던 우리들에게, 갑작스러운 발표의 화살이 날아들었다. 그것도 하고 싶은 사람을 뽑아서 하는 게 아니라 순서대로 아주 공평하게 돌아가는 발표. 비운의 몇 명을 뽑는 발표라면 저기 구석에서 자연스럽게 숨어 있다던가 '나를 시키지 마시오'라는 메시지를 담은 험악한 얼굴로 앉아 있었을 텐데 말이지.

'싫은데요' 단 칼에 거부할 수도 없고, '저 집에 급한 일이 생겨서…' 얼굴에 철판을 깔고 거짓말을 할 용기도 없었다. 그러다가 생각해 낸 것이라곤 맨 마지막 순서로 들어가는 것이었다. 앞사람들이 발표를 질질 끌어주면 내 차례가 다가왔을 때, 시간이 없어 여기까지만 하겠다는 말을 들을 줄 알았다. 그저 마지막을 화려하게 장식하는 사람이 될 줄이야. 차라리 울면서 뛰쳐나가는 게 더 이득이었을지도 모르겠다.

'푸흡'

어기적 거리며 앞으로 걸어나가는 나를 도미노 쓰러지듯이 쳐다보던 얼굴들이 보였다. 나는 무엇이든 두 명 이상의 사람에게 관심을 받으면 가면이라도 벗어젖히는 듯, '짠!' 하고 빨개지는 얼굴을 가지고 있다. 그때 내 머리는 파란색이었던가 보라색이었는데, 시뻘개진 얼굴과 조화를 이루어 크리스마스 트리나 다름없었겠지.

이런 얼굴을 하고 청산유수로 말을 술술 뱉어 봤자 뭐가 달라지겠어. 요동치던 심장박동에 맞추어 가슴께 엊어진 옷이 펄럭거렸다. 당연하게 말도 지지리 못 했다. '영상 작품 길이가 어떻게 되나요?' 물어봤는데, 긴장으로 마비된 사고는 '작업하는 데 얼마나 걸렸나요?' 라고 제멋대로 이해를 해버렸으니. '3일 입니다' 말도 안 되는 답변을 내놓고 벽을 바라보며 이야기를 했다. 나도 내가 웃겼는데, 나를 바라보는 다른 사람들은 아마 입술을 깨물고 있었으리라. 곳곳에서 입술 사이를 비집고 나오는 웃음소리가 들렸다.

예술가는 작품을 만들기만 하면 되는 줄 알았는데. 세상에서 제일 좋아하는 일과 제일 싫어하는 일이 다정하게 손을 붙잡고 나를 놀리는 것 같았다. 행복하게 작품을 만들면 세상 불행하게 설명을 해야 하는 일이 꼬옥 붙어있었으니 말이다. 그래서 '발.표' 두 단어를 듣기만 하면 배가 쓰렸다.

#2

친구들과 함께 맷 퓨리를 인터뷰하게 된 적이 있었다. 인자한 미소를 가진 나이 지긋한 화가 할아버지도 아니고, 화단에 물을 주고 계시던 푸근한 디자이너 아주머니도 아닌,

맷 퓨리를 말이다.

그 누군가 기회는 문을 두드리는 자에게 열리는 것이라고 했던가. 만약 나 혼자 인터뷰할 사람을 찾아야 했다면, 가능성이 없다고 포기했을 텐데. '이메일 보내기는 공짜잖아' 한번 시도나 해보자고 함께 던진 다트는, 어쩐 일인지 중앙으로 날아가 꽂혀버렸다.

'미국 캘리포니아 시간으로 오전 9시가 좋을 것 같아요.
- ☀️ 😎 🌴 🐬 Matt Furie'

이럴 줄 알았으면 노엘 갤러거나 데이먼 알반한테도 당돌하게 이메일을 날려볼 걸 그랬다.

전세계 인터넷에서 슬픈 개구리 혹은 우는 개구리로 유명한 페페는 맷 퓨리의 2005년 만화 'Boy's Club'에 등장한 캐릭터였다. 그저 먹고 마시는 걸 좋아하는 작고 행복한 개구리. 그런데 페페는 익명 유저들, 자신들을 니트족(교육받지 않고, 일하지 않고 일할 의지도 없는 사람들)이라고 칭하는 자들에 의해 변형되었다고 했다. 4chan 이라는 영미권 사이트(한국에서는 유해사이트로 지정되어 접근이 차단되어 있다) 안에서 폭력적인 대안 우파를 상징하는 상징물로 말이다. 그들은 페페에게 자신을 투영시키는 것뿐만 아니라, 페페와 트럼프 대통령을 합성하여 백인 우월주의와 트럼프를 지지하는 정치적 이미지로 만들었고, KKK 페페, 나치 페페, IS 페페 등 자극적인 내용을 대변하는 혐오스러운 상징으로 변질시켰다. 그래서 유대인 권익 단체 중 하나인 ADL은 페페 캐릭터를 나치 식 경례와 동급으로 공식 지정했다고 한다.

그만큼 페페는 원작자의 의도와는 전혀 상관없이, 인터넷 커뮤니티를 통해 기하급수적으로 변형되고 재창조되었다. 페페가 그려진 티셔츠를 입고 다닌다거나, 인터넷에서 사용하기라도 하면 대안 우파의 표식처럼 여겨지게 되었을 만큼 말이다. 맷 퓨리는 차고를 가득 채울 만큼 만들었던 페페 굿즈를 전량 폐기해야 했고, 팔에 페페 타투를 새겼던 그의 친구는 이제 어디 가서 내 보일 수도 없는 타투가 되었다며 착잡한 마음을 드러내기도 했다.

결국 퓨리는 자신의 만화를 통해 페페의 장례식을 열었다. 공식적으로 페페는 죽었다고 선언하기 위하여.

그래서였을까 나는 다소 진지한 인터뷰를 원하고 있었는지도 모르겠다. 전 세계 인터넷 사용자들이 아는 그림이라고 불러도 될 만큼. 세계에서 유명한 그림의 주인이자 그것이 파괴되는 것을 지켜본 자에게 물어볼 것은 너무나도 많았으니까. 게다가 나의 인생에서 일어날 거라고 생각해 본 적도 없었던 특이한 기회였으니. 한 번 잘 해보고 싶다는 마음과, 사람들 앞에서 말을 해야 한다는 긴장감이 섞여 복잡한 심경이었다.

인터뷰 당일. 어쩌면 잘 해낼 수 있을지도 모른다는 기대감은 화상 카메라를 켜자마자 사라졌다. 인터뷰가 진행되었던 1시간 내내 ʕ⊙⊙ʔ 이 표정으로 앉아 있을 수밖에 없었으니 말이다. 아, 이대로 사라지고 싶다. 준비했던 질문이 한뭉치 있었는데, 모두들 각자 다른 이야기를 쏟아내기 시작했기 때문이었다. 계획했던 거랑 너무 다르잖아…! 특히나 우리가 팀으로 질문지를 만들 때 단 한 번도 참여하지 않았던 마리온은 맷 퓨리보다 더 많은 말을 했다. 거의 마리온을 인터뷰하기 위해 모였던 것처럼.

나는 생각대로 흘러가지 않는 인터뷰에 당황했다. 미리 준비했던 질문지는 저 멀리 떠나, 어디로 향해 가는지 걷잡을 수 없는 대화만이 남게 되었으니까. 당황스러운 상황과 함께 이미 어깨가 뭉칠 만큼 긴장하고 있던 나는 영어도 제대로 못 알아 들었다. 웅얼웅얼 뭐라고 말하는 소리는 들리는데, 귀로 들어왔다 나가기만 하지 해석되지를 않았다.

이렇게 물어보는 게 맞는 건가. 똑같은 문장을 속으로 말하고 또 말해봤는데도 전부 다 이질적으로 느껴지던 상황. 문법이 다 틀린 것 같은데. 결국 나는 미리 준비해왔던 질문한 개 물어보려고 입을 10초가량 떼었던 것 외에는 '하하' 웃기만 한 게 전부였다. 금세 시뻘개진 얼굴을 하고선. 그때부터 나는 바보 같은 나의 모습을 한탄하느라 다른 이의 표정을 쳐다볼 수도 없었다. 그들이 '어휴, 저 소심한 놈'이라고 표정짓는 것을 차마 보게될까 봐. 그래서 눈을 가운데로 모으기라도 할 기세로, 서로의 화면을 나누는 중앙 선만 쳐다봤다.

이날만 생각하면 아직도 몸서리가 쳐질 만큼 민망하다. 내가 왜 그랬을까 싶어서. 마리온은 머리를 감다가 급히 온 건지 머리카락에서 물이 뚝뚝 떨어지고 있었고, 로자는 카메라를 바닥에 달아 놓은 건지 연신 콧구멍을 보여주고 있었다. 소피아는 목이 한껏 늘어진 티셔츠를 입고 있었고. 그들은 인터뷰 전 너무 떨리고 긴장된다고 메시지를 왕창 보냈으면서, 그 누구도 신경 쓰지 않는 모양새로 나타난 것이었다. 나는 대체 뭐가 문제였던 걸까. 바탕화면처럼 똑같은 모습으로 앉아서 그 자리를 지키고 있던 내가 싫었다. 그들이 나누던 만담 가운데서, 내가 점심으로 먹었던 한국식 볶음밥에 대한 레시피를 공유했어도 별 상관은 없었을 텐데.

그도 그럴 것이 나조차도 로자의 콧구멍을 보면서 아무런 생각도 하지 않았고, 인터뷰 내용과 전혀 상관없는 이야기를 들으면서도 나에 대한 걱정 이외에는 별생각이 없었다. 인터뷰 내용에 대해서 생각했다고 할지라도 그때뿐이지 관심도 없었을 테고. 그러니까 나조차도 타인을 그다지 신경 쓰지 않으면서. 나는 타인 앞의 나의 존재를 왜 이렇게나 크게 생각했던 것인지. 언제나 나의 멋진 모습을 보여주지 못할까 봐 전전긍긍했다.

그들이 살아가는 내내 나를 곱씹을 이유도 없고, 설령 그런다고 할지라도 내가 신경 쓸 이유는 없었다는 것. 나의 실수를 잠에 드는 순간까지 되새기는 사람은 나 자신뿐이라는 것을 왜 몰랐던 걸까.

#3

여느 때와 다름없이 뒤늦게 찾아온 후회를 곱씹다 보니 '참 별거 아니었는데…' 얽혀있던 깨달음도 줄지어 따라 나왔다. 매일 머리를 쥐어박았을 만큼, 길을 걸어가다가도 몸서리를 쳤을 만큼 부끄럽다고 생각했던 일들과 내가 망쳐버렸던 수많은 인간관계들에 대해서 말이다.

여럿이 모인 자리에서의 왁자지껄함이 좋았던 날들과, 그룹 안에서 러시안룰렛처럼 돌아가는 관계 중, 내가 도태될까 봐 억지로 끼어있던 날들의 혼합. 나를 그다지 좋아하지 않는 사람들에게 좋은 모습을 보이려고 노력했던 무가치한 감정 소비. 친구들에게 작은 시기심조차 받고 싶지 않아서 내 일에 최선을 다하지 않았던 것. 완전한 내 편을 가지고자 했던 마음. 그렇게 수많은 타인들을 헤아려보느라 정작 나를 챙긴 적은 없었던 순간들.

나를 모르는 사람들을 신경 쓰느라 하고 싶은 말 한번 제대로 못해봤던 것처럼, 인간관계에서도 상대의 눈치를 살피느라 혹은 무리의 의견을 맞추느라 나의 생각을 뒷전으로 두었던 나날들이 아쉬워진다. 나와 맞지 않는 사람들에게 나를 끼워 넣느라, 나의 멋진 모습을 보여주느라 내 감정을 망칠 필요는 없었는데.

걸어오는 길 가운데서 나타났다 사라지던 수많은 관계들에 대해 참 열심히도 목을 매었구나 싶다. 몇 번이나 말하지만, 그들은 나를 그렇게까지 신경 쓰지 않았는데 말이다. 나도 그들을 기꺼이 받아들이지 않았고.

늘 고개를 돌려 외면하는 것으로 과정을 피해왔던 나는, 자리에 앉아 눈을 감으면 숨었다고 생각하는 3살 아이들의 숨바꼭질 놀이를 하고 있었던 것은 아니었을까 싶다. 어쩌면 이룰 수조차 없는 허상의 완벽함을 바라고는 나를 그곳에 억지로 맞춰가고자 했던 것일지도. 나는 나였으면 되는 것이고, 타인은 타인으로 두면 되는 것이었는데.

'그게 뭐 어때서?'

나의 실수도, 나의 부족함도 결국 모두 나 이기에. 그런 나를 인정하는 너그러움을 가지고, '다른 사람들이 나를 어떻게 생각할까'라는 염려를 내려놓으면 된다는 것. 너무나도 늦게 깨달아 버린 것 같다. 정말 별거 아닌 일이었는데.

왼손

이상했다. 여느 때와 다름없이 게임을 하고 있었는데, 왼손이 내 손이 아닌 것만 같은 이질감이 느껴졌다. 내 마음대로 움직일 수도 있고, 입김을 불면 손끝에 따스한 온도가 도는, 평소와 다름없이 똑같은 손이었는데. 남의 것만 같았다.

핸드폰을 내려놓고 의자에 앉아 왼손을 연신 주물렀다. 눈에 보이는 문제는 없었다. 손이 저리다거나 쥐가 난 것도 아니었다. 그렇다면 뇌에 문제가 생긴 걸까? 내 팔모가지에 붙어있는 손을 보고 내 손이 아니라고 생각한다니. 그래, 미친 게 분명하다는 생각이 들었다.

'내 손이 왜 내 손이 아니지?' 말도 안 되는 생각을 하는데, 몸이 공중에 떠오르는 느낌까지 들었다. 내가 발을 딛고 서있는 이 세상이 내가 있는 세상이 아닌 것만 같았기에, 왼손도 그렇게 나에게서 떠나버린 것이라 느껴지기까지 했다.

무엇이 문제일까, 어떤 부분에 이상이 생긴 걸까 원인을 찾아내려 애쓰는 바람에 미간에는 주름이 잡혔다. 십여 분을 가만히 앉아 핸드폰의 빈 화면을 들여다봤다. 검은 화면에 비치는, 잔뜩 찡그린 내 얼굴을 바라봤다. 나는 분명 여기에 있는데. 핸드폰을 들고 있는 왼손도.

999*에 전화를 걸어 '왼손이 내 손이 아닌 것 같아요. 구급차 좀 보내주세요'라고 부탁할 수도 없는 노릇이니. 인터넷을 켜고 검색 창에 글을 쓰기 시작했다. 내가 아닌 느낌. 손이 이상해요. 공중에 떠오르는 느낌은 뭔가요.

검색 버튼을 누르자마자 '급격한 스트레스, 공황장애, 불안장애' 이미 많이 봤던 병명들이 화면에 가득 들어찼다. 제목들을 훑어보다가 ㅇㅇ닥터 라는 신뢰감 가는 블로그를 하나 클릭해서 글을 읽어내려가기 시작했다. 중간쯤이었을까, '공황장애를 경험하면 내가 이 세상 사람이 아닌 것 같다는 느낌을 받을 때가 있습니다'라는 문장을 읽는 도중, 이 세상에서 내 몸이 멀어지는 경험을 했다. 유체이탈 이런 것도 아니었는데. 몸이 어디론가 떠오르고 있는 것만 같았다. 어쩌면 떠오르는 몸을 애써 끌어당기고 있는 것만 같았다. 후-하 후-하. 내가 이곳을 떠나게 된다는 생각을 하니 숨쉬기가 힘들어졌다. 고개를 푹 숙이고는 영화 같은 데서만 봤던 호흡을 해야 했다.

* 999는 영국의 119이다

이 세계에서 떨어져 나갈 것만 같아서, 필사적으로 두 손을 뻗어 책상을 붙들었다. 바람에 날아가려는 몸을 지탱하는 것 마냥.

CCTV

Plantasia/식물 환상곡

시한부 선고를 받은 환자에게 '어떤 이유로 식물을 키우시나요?' 물으니, 질긴 생명력을 가진 작은 생명체가 부러워서 키운다고 했다. 나는 점점 사라져가는데, 식물은 새 잎을 펼쳐내며 세상으로 손을 뻗으니. 나를 대신해서 살아가 달라고 부탁하는 듯이 이 땅에 남겨두는 거라나.

어떤 사람은 이 세상을 떠나간 사람을 기억하기 위해 식물을 키운다고 했다. 조그마한 베란다에서 화초에 물을 뿌리고 잎새 하나하나를 천 조각으로 정성스럽게 닦던 엄마의 모습이 식물 안에 있어서. 옅게 퍼지는 흙냄새가 그의 숨결처럼 느껴진다고.

그렇다면 내가 식물을 키우는 이유는 무엇이었을까. 누군가 질문한다면, 아름다운 시작은 아니었다고 고백해야겠다. 내가 그 생명체의 주인이 되었다는 경이로움도 아니었고, 자라나는 잎사귀들이 찬란하게 보였다는 순진한 발상도 아니었으니까.

정신이 몽롱해지는 일이 대수롭지 않게 생기기 시작한 날, 창 틀에 자리 잡고 있는 식물이 뜬금없이 눈에 들어왔다. 집 밖으로 한 걸음 나가는 것조차 버거워서, 거실 한구석에서 숨을 골라야 했을 때. 이유를 알 수 없는 증상들이 시도 때도 없이 나를 찾아와 엎드려지게 할 때. 불안감을 떨쳐낼 수 있는 유일한 방법이라고 생각했던 것은, 인정사정없이 모두를 죽이는 총 게임 따위를 하는 거였다. 그런데 욕지거리를 뱉어내며 게임을 하는데도 나아질 기미가 보이지 않자 구석에 숨어있던 식물이 말을 걸어왔다.

런던의 무거운 물을 부어주었던 탓일까. 이사 기념으로 샀던 제이드 플랜트(Jade plant)는 오래된 전기 포트처럼 석회 자국을 주렁주렁 붙이고 있었다. 자라든 말든 관심도 없었는데 거기에서 그러고 있었구나. 너도 참 애잔하다. 나는 곧바로 마시던 물을 따라내어 잎사귀에 엉겨 붙어있던 석회를 닦아 냈다. 그리고 잠에 들기 전, 작은 화분 몇 개를 더 주문했다.

잎사귀를 어루만지고, 축축한 흙 속에 손가락을 푹 찔러 넣었을 때, 마음이 한결 가벼워짐을 경험했다. 흙 속에 있는 토양 미생물이 행복감을 높여주는 세로토닌을 분비하게 한다던데. 뭐 그런 것 때문이었는지, 식물들이 나를 불쌍히 여겼던 건지는 모르겠지만. 둘 중 무엇이든 상관없었다.

그래서 나는, 그저 복잡한 감정을 어수선한 이파리에 폐기하기 위해 식물을 키우게 되었다. 그것들이 다시금 눈에 들어온 순간 운명처럼 반해버렸다는 거짓말을 앞세워서.

전시회장에 누워도 되나요

한국에서는 전시회장 안을 서성거리다 주먹을 쥐는 게 전부였다. 빼근해진 다리를 주먹으로 몇 대 치는 것 밖에는 방법이 없었으니까. 그런데 영국에 오면 시꺼먼 바닥 어딘가에 앉아 버리게 된다. 여기 앉아도 괜찮은 건가? 고민해 볼 필요도 없이 말이다. 자리를 잡고 앉아 눈을 들어 보면, 그곳은 이미 누워있거나 벽에 기대어 앉아있는 사람들로 뒤섞여 있을 테니까. 물병이 들어있는 도톰한 가방을 바닥에 대충 던져 놓고 머리를 기댄다. '찰랑' 반쯤 들어있던 물이 잠시 흔들리다 멈추면 내 것이 되고. 나도 그 속에 속해있다는 안정감이 찾아온다. 아무도 나를 신경 쓰지 않아. 누군가의 등 뒤에 발을 뻗고 팔을 젖히고. 고개를 들어 올려 어푸. 숨을 쉰다.

가죽

나는 내가 원하던 이상적인 모습을 가지기 위해 근사해 보이는 것들의 가죽을 찢어 오기 시작했다. '저렇게 되고 싶다'라는 생각이 들면 그들의 일부를 찢어내 들고 왔고, '그거 너 아니잖아'라는 말을 듣고 싶지 않아서 내 살 위에 꿰매어 붙이기까지 했다. 그러고는 온전한 내 것이라 여겼다. 그게 난 줄 알았지 뭐야.

나는 타인의 가죽으로 나를 덮기 위해 도축을 하는 사람이 되었다. 중세 장인들이 금을 묘사하기 위해 진짜 금을 사용했고, 르네상스의 화가들은 금을 표현하기 위해 물감을 사용했던 것처럼. 물속을 헤엄치는 물고기가 부러워서 땅 위에서 물장구치는 시늉을 함으로.

'No one is free, even the birds are chained to the sky. 완벽히 자유로운 건 없다. 새들조차도 하늘에 묶여 있지 않은가.' 밥 딜런의 말처럼 새들은 하늘에서 자유를 만끽하는 것이 아니라 그저 그곳에 사는 것이고, 물고기도 자유롭게 바다를 헤엄치는 게 아니라 그곳에 살고 있을 뿐인 건데. 이 땅에 사는 나는 그곳에 사는 것들이 부러웠다. 사람들은 그냥 그렇게, 그곳에 살고 있는 거라는 데도.

저기요, 제 이야기 좀 들어주세요

'언니는 왜 언니 이야기를 안 해?'

주말 저녁, 친구들과 함께 간식을 먹으며 화기애애하게 이야기를 하고 있다고 생각했는데. 나는 뜬금없이 날아온 질문에 목소리 내는 법을 잊어버린 사람처럼 뻣뻣해졌다.

거식증 환자가 밥을 많이 먹는 시늉을 하느라고 손을 분주하게 움직인다던 것 같이. 나는 나에 대한 이야기를 털어놓는 척 세상의 이야기를 줄줄이 늘어놓고 있었고, 노련하게 그들을 속이는 내가 대단하다고 생각했다. 그런데 묻지 않았을 뿐이지 모두 알고 있었던가 보다. '하은이는 자기 이야기를 잘 안 해' 맞장구와 같은 말이 여기저기서 나오던 것을 보니.

'아…, 내가 그랬나?'

나는 내 이야기를 5분 하는 것보다, 다른 사람의 이야기를 3시간 동안 듣는 게 더 편한 사람이었다. 그 누구도 나에 대해서 궁금해하지 않을 거라고 생각했기 때문이었다. 어차피 관심도 없을 텐데 내 이야기는 해서 뭐 하지? 듣지도 않을 거잖아라는 반발심이자 포기였으니까.

말을 할 때마다 쏘아붙이듯이 말이 빨라지던 이유도, 하고 싶은 말이 많아서가 아니라 내 말이 지루한 서사가 될까 두려웠기 때문이다. 빨리 결론에 도달해야 나를 쳐다보던 얼굴들이 고개를 돌릴 테니까. 그렇게 속도를 내던 말에 '멈춰. 처음부터 다시 말해' 아빠는 사람들 앞에서 나의 웅얼거림을 끊었고, 나는 그저 말을 하지 않는 게 편하다고 여기게 된 것이었다.

그렇게 자의로 멈춰버렸던 말은, 이제 나오는 법을 잊어버렸을 뿐이다.

'나에 대한 무언가를 말해야겠다!' 다짐을 해도, 입을 열어 나에 대한 이야기를 해보라고 하면 어디서 어떻게 시작해야 할지, 어떤 부분을 골라 말해야 하는 건지 모르게 되었다. 머릿속의 문장들이 조합되지 않아 '어렸을 때 나는…' '아니 내 생각은 …' 이야기를 시작할 수 없을 만큼.

"넌 왜 말을 안 해? 지금 까지 나만 계속 말했어."
"하은아 말 좀 해봐."
"그게 다야?"

시간이 흐르고 성인이 되어서도 이전과 변함없던 나는 같은 질문을 들었다. 그런데 이번에는 나를 위협하는 협박처럼 느껴졌다. 말을 하지 않는 내가 궁금해서라기보다는, 너는 참 숫기가 없고 찌질하다는 의미를 에둘러 담은 것만 같아서. 그런 나를 지긋지긋하다는 듯 여기는 것 같이 느껴져서.

말 좀 해보라는 으름장은 그렇게 나를 집어삼켰다. 대화를 해야 하는 순간이 오면 만남에 대한 설렘보다는 내 이야기를 해야 한다는 압박감이 먼저 다가왔을 정도로. 단순한 일도 이게 말할 만한 내용일까, 이게 나에 대한 이야기가 맞나 고민하는 지경에 이르렀던 것이다. 내가 하는 모든 말이 텅 빈 것이라고 생각했기 때문에.

고민의 타래가 더 복잡해질 뿐 풀리지는 않을 때, 털어놓을 수 있었던 사람은 친구 D였다. '나는…. 내 이야기를 어떻게 하는 건지 모르겠어.' 어른이 될 때까지 묵혀 놨던 고민을, 달랑 한 문장으로 내놓았다. 너도 내가 개인적인 이야기를 하지 않는 것에 대해 답답해하고 있었다면, 나를 이해해 주었으면 좋겠어. 은근한 바람도 담아서.

이제 대충 공감과 동의를 얼버무린 답이 나오겠지. 내가 고민을 말했다는 것에만 의의를 두고는 미리 예측한 답변을 기다리고 있었다. 별 볼 일 없는 고백에 별 의미 없는 '괜찮아, 잘 하고 있어' 뭐 이런 위로들. 그리고 나는 그 답변에 고마워할 참이었고.

'네가 말하고 싶을 때 하면 되는 거야. 말하고 싶어지는 순간이 올 때.'

'어느 순간 말을 하고 싶은 날이 오더라. 나도 그때부터 나를 말하기 시작했어.'

그런데 D의 답변은 뜻밖이었다. 그녀도 언젠가는 말하는 법을 모를 때가 있었고, 오래되지 않은 순간에 말하기를 시작했다고 했다. 나를 말하는 것에는 늦음이나 빠름이 없고, 무조건이라는 단어도 성립되지 않는 것이라나.

내 감정을 어떻게 말하지? 왜 해야 하지? 어떤 걸 말해야 내 이야기를 하는 거지? 수많은 의문들. 일상의 사소한 질문들 가운데 면접 장에 앉아 있는 것 마냥 답을 쥐어짜내는 사람이 되었는데. D는 나의 굳어버린 성대를 유연하게 했다. 무조건 나의 이야기를 해야 한다는 강박 관념을 느낄 필요도, 내 행동의 반경을 바꾸기 위해 스스로를 압박할 필요도 없다는 것을 알려주므로 말이다.

나는 머릿속 상담사를 만나 모든 것을 털어놓을 때마다, 언젠가는 실제로 내 이야기를 털어놓을 수 있는 사람을 만나게 될 것이고, 그때 말끔히 정리된 이야기를 툭 털어놓기 위해 당신에게 몇 백 번이고 말하는 것이라고 했다. 그러면 나는 과거에 그리던 무명의 상대를, 내가 상상한 미래에 도착해서 만난 것 같았다.

타인의 요구에 맞추기보다는, 나의 감정에 먼저 집중해 보라고 말해줄 수 있는 그런 사람을.

BATTERSEA POWER STATION

도레미파솔라시도

'피아노들아 잘 가.'

초등학교 정문 앞에는 엄마의 피아노 학원이 있었다. 언제나 시끌벅적한 아이들로 붐비던 그곳이 나의 집이었다. 미닫이문을 열면 학원이 있고 미닫이문을 닫고 돌아서면 우리 집이 있는 곳. 그래서 나는 사시사철 굵은 줄을 두드리며 울리는 피아노의 선율을 들었다. 아름답게 혹은 요란스럽게 울리던 건반 소리를.

그러나 단 하루도 빠짐없이 듣던 피아노 소리는 내가 초등학교 2학년이 되던 때 멈췄다. 바글바글 넘치던 아이들에게 인사를 하고, 수많은 건반들에게도 인사를 하니 늘 귓가를 울리던 피아노 소리가 떠나갔다. 매일 저녁 오르간 앞에 앉아 연주를 하던 엄마의 모습도 더 이상 볼 수 없었다. 이상하게도 엄마는 슬퍼하지 않았다. 그래서 나는 피아노를 보냈던 이유를 우리가 시골로 이사를 가게 되어 그런 것이라 여겼다.

어린 시절의 나는 가지고 싶은 것을 가져볼 수 없다는 암울함에 잠겨있었다. 사달라고 조르기도 전에 이미 가질 수 없다는 것을 알기에, 마음속으로만 고이 품어봐야 했던 나의 상황이 종종 서글펐기 때문이었다. 예쁜 옷을 입고 싶었는데 지하상가에서 겨우 산 옷 한두 개로 만족해야 했고, 마트에서 싸게 파는 이름 없는 신발을 신고 신발 한 편에 구멍이 나더라도 곧바로 새 운동화를 살 수 없었으니까. 그런 나를 가엽게 여기기에만 바빴는데, 피아노를 떠나보냈던 엄마는 어떤 심정이었을까. 이제 와서 헤아리려 하니 마음이 먹먹해진다.

젊은 시절 서울깍쟁이로 화목한 가정의 4남매 중 둘째로 곱게 자란 엄마는 아빠를 만나 나를 낳고 새 가정을 이루게 되면서 고된 삶을 견뎌내야 했다. 길가에 버려진 가구를 주워와 박박 닦아 놓는 것으로 살림살이를 늘려야 했고, 정부미라고 불렸던 나라 쌀을 먹으며 살아야 했으니까.

'어쩌다 내 신세가 이렇게 되었을까.' 흑흑 흐느끼며 운다던가 '나라 쌀 따위를 먹으면서 어떻게 살아요!' 아침 드라마 같은 데서 나오는 앙칼진 목소리로 소리친다 해도 이상하지 않을 법 했는데. 기억 속 엄마는 우리를 가난으로 이끈 아빠를 비난하지도 않았고, 그런 엄마를 고마워하기는커녕 종이라도 되는 것처럼 하대하는 아빠의 분노에도 내게 힘든 내색을 보인 적이 없었다. 풍랑처럼 일어 온 가난 속에서 내가 기억하는 것은 엄마의 분노도 슬픔도 아닌, 부드럽게 울리는 피아노 소리뿐이었을 만큼.

짧은 시골 생활을 마치고 좁디좁은 반지하 방으로 이사를 왔을 때, 누군가 내다 버린 낡은 피아노를 들여왔었다. 나는 심심할 때면 피아노 앞에 가서 도레미파솔라시도 순서대로 건반을 눌렀다. 눅눅한 소리가 났다. 곰팡이가 핀 지하방 때문인 줄 알았다. 집 한구석을 가득 채우던 그 작은 피아노가 엄마의 슬픔을 대신 머금고 있었다는 것을, 그때는 몰랐다.

그 감정에 함께 머물러줘야 해

'미술 선생님을 구하고 있어요. 여섯 살 여자아이이고, 이름은 프레야(Freyja)입니다.'

한 아이의 미술 선생님이 된 적이 있었다. 런던의 끝과 끝이라도 되는 듯, 내가 먼 곳으로 이사를 가게 되는 바람에 다시 보기는 힘들어졌지만.

아이의 어머니와 통화를 마쳤을 때, 나는 그 아이의 구원자가 된 것이라 느꼈다. 이게 바로 내가 원하던 일이야. 나와 딱 맞아떨어지는 것만 같잖아. 그렇게 내가 모든 것을 제자리로 돌려놓을 수 있을 거라 생각했다.

부모님의 갑작스러운 이혼은 6살 아이가 견디기에는 무척이나 버거운 일이었을 것이다. 프레야는 집 밖에 나가는 것을 무서워하게 되어 두 달 동안 학교를 못 갔다고 했고. 집에서도 주로 안방 침대에 누워서 하루를 보낸다고 했다. 키도 두 배나 더 큰 내가 버텨낼 수 없던 것을 자그마한 아이가 겪고 있다 하니, 묘한 동질감과 측은한 마음이 찾아왔다.

프레야의 집 안으로 발을 들여놓은 나는 아마 바깥세상을 집 안으로 들고 온 사람이었겠지. 색색 가지 찰흙과 잔뜩 오려낸 색종이들, 그리고 스케치북과 크레파스로 가득 찬 배낭을 우스꽝스러운 말투와 과장된 몸짓으로 열어 보였다. 밖을 나갈 수 없는 아이에게 세상을 보여줘야 한다는 부담감과 아이에게 미움을 받게 되면 어쩌지라는 걱정은 무언가 애걸복걸하는 모습을 자아낸 것이었다. 나는 무조건적으로 너를 사랑해 줄 테니까 너도 나를 좋아해 줘. 내가 너를 변화시킬 수 있게 해줘. 부탁이라도 하는 듯이.

택시를 타고 오는 내내 머릿속으로 몇 번이고 반복했던 놀이들을 보여줬다. 종이에 찰흙을 붙이기도 하고, 색종이를 이리저리 접어 보기도 하고. 사실 색깔로 감정 지도를 그려보게 하려고 부단히도 노력했는데, 그건 잘 되지를 않았다. 습습습 – 바람 소리를 내며 쉴 새 없이 중얼거리는 아이의 말을 알아들을 수 없었으니까. 내가 만났던 6-7 세의 아이들은 공주와 마녀 놀이를 한다던가, 아이가 원하는 놀이를 그대로 따라 해주면 모두 소통할 수 있었는데. 간단한 질문에 대한 대답조차 들을 수가 없어서 손가락을 꼼지락거리며 소통하는 것이 최선이었다.

집으로 돌아갈 채비를 할 때, 어머니는 시간이 된다면 짧은 시간이라도 매일 와줄 수 있겠냐는 부탁을 하셨다. 그런데 나는 확신이 서지 않았다. 과연 내가 이 아이에게 도움이 될 수 있을까 싶어서. 아니면 빳빳하게 들어 올린 고개로 '이거 보세요. 제가 프레야를 이렇게 변화시켰답니다!' 보여줄 수 없을 것 같아서였는지. 최대한 시간을 내 보겠다는 말을 남기곤 발걸음을 빠르게 옮겼다.

'이모, 제가 불안 장애가 있는 아이를 맡게 되었는데 어떻게 해야 할지를 모르겠어요. 준비해 갔던 놀이도 따라오지 못하는 상태더라고요….'

집으로 돌아가는 길에 생각났던 건 엄마도 아니고 막내 이모였다. 사실 외갓집 가족과 다시 연락이 닿은 지 얼마 안 되었던 때라 이전에 오고 가던 말도 없었는데. 그럼에도 나는 '잘 지내셨죠'라며 어린 시절에 좀처럼 써본 적 없던 존댓말로 메시지를 보냈다. 평생을 놀이치료사로 아이들을 마주해왔던 막내 이모니까. 프레야도 이모의 조언을 받는다면 더 자유로워질 수 있을 것 같아서 무작정 보낸 것이었다.

프레야의 집을 뒤통수에 놓고 한참을 서성이다 전철역을

향해 발걸음을 떼었을 때. 불안장애가 있는 아이들에 대한 전문 서적들을 주욱 찍은 몇 장의 사진들과 함께 메시지가 도착했다.

'이것저것 해보려고 해도 불안장애가 심하면 안 따라오기도 해. 그럴 땐 당황하지 말고 그것도 너의 감정이라는 것을 인정해 줘. 억지로 감정을 바꾸려고 하지 말고. 그 감정에 함께 머물러주며 그대로 감정을 표현하게 해보는 것도 필요하거든.'

한 자 한 자 조심스럽게 들어오던 문장들은 해답을 찾았다는 자유의 환호성을 이끌어내기 이전에 나를 진정시켰다.

내가 바깥세상을 프레야의 집으로 들여간 것과 마찬가지로, 프레야도 나의 외부 세계였기 때문이었을까. 어깨를 기울게 하는 무거운 배낭을 짊어지고 나왔던 그날은 나에게 약 한 달 만의 외출이었다. 너를 잘 이해할 수 있을 것 같아. 섣부른 판단이 들었던 것도 그런 이유에서였다. 우리는 나이만 다를 뿐이지 어쩌면 똑같은 사람일 수도 있거든. 그 아이를 돌보는 것이 나를 돌보는 것과 마찬가지라는 사명감이 들었던 것 또한 같은 이유에서였다.

이모가 보내온 메시지는 나와 프레야 두 명을 향했다. 그게 아니더라도 그렇게 생각하기로 했다.

내게 잠식된 불안과 우울을 억지로 바꾸기 위해 노력하고 있었던 나는, 가만히 앉아 생각에 잠기는 것만으로도 모든 체력을 다 소진하곤 했으니까. 감정적 탈진 상태였다. 그런데 이모의 메시지는 어떤 방향으로든지 나를 어루만졌다. 내 감정에 그대로 머물러 있어도 괜찮을 거라는 위로가 되어서.

이런 날이 있을 수도 있고, 저런 날이 있을 수도 있는 것처럼. 그냥, 그런 날. 우울한 날도 이런저런 날들 중 하나일 뿐이야. 그리고 지금 내가 느끼고 있는 감정이기도 하지. 외면하고 억지로 뜯어내기보다는, 그저 받아들여보게 되었다. 나의 우울을.

파란 머리

깊은 바다의 색이 좋아 진하디 진한 파란 머리로 염색을 했다. 정수리부터 아래로 치렁치렁 내려오는 긴 머리는 온통 파란색이었다.

색색 가지 줄무늬로 뒤덮인 스웨터를 걸쳤다. 여러 가지 색을 입고 기대에 가득 찬 눈빛으로 거리를 걷던 나는, 어디에도 속하지 않는 사람이 된 것 같았다. 외계인이 되고 싶어. 유별난 사람이 되고 싶다는 건 아니지만, 그렇게 여겨지더라도 좋아.

영화 평론가들은 영화 속 주인공들이 입은 옷과 변화하는 색감을 보고 그들의 감정 상태를 풀어내곤 한다. 나의 영화를 본다면 알록달록했던 그때가 흑백 세상으로부터 분리된 날이었을 것이다.

No

그녀의 감정이 최고조에 달했어요. 밝은 색감으로 가득 찬 세상을 보세요. 이때가 최고의 행복을 누렸던 때라고 짐작해 볼 수 있겠네요.

3부

나는 바다를 찾고 있어요

나는 바다를 찾고 있어요

시간이 흘렀을 때 다시 되돌아가야 하는 길을 걷고 있는 것은 아닐까. 혹은 너무 멀리 돌아가고 있는 것은 아닐까. 여러 가지 생각이 드는 시기가 있다. 어쩌면 그런 불안감을 항상 마음에 담고 사는지도 모르겠지만.

'이 길이 맞는 건가? 내가 원하던 게 뭐였지?' 어딘가에 늦은 것만 같아서. 나만 뒤처진 것 같고, 나만 손에 쥔 것이 아무것도 없는 것 같아서 뭐라도 쥐어 보려고 달린 적도 있었다. 내가 하고 싶은 일을 하는 거라고 말하면서 누군가를 따라잡아야 하는 것처럼 살았던 적도 있고. 또 어느 날은 확신이라고 붙잡을 만한 것이 없어서 방황해야 했다. '무엇을 하고 있었던 거지?'라는 허망한 감정이 들어서 '이게 내가 원하던 것이었나?' 반문할 수밖에 없는 똑같은 상황들을 시겟바늘처럼 매번 마주했으니까.

'이건 내가 아니야. 진짜 나는 미래에 있어.' 현재의 나를 철저히 무시하면서까지 바라던 미래. 그곳에 있다고 믿던 것은 무엇이었는지. 예술가가 되고 싶다는 순진한 꿈 너머에 '부수적'이라는 가림 막을 세워 원하던 것들을 바라봤다. 많은 돈을 벌어들이는 것. 주변 사람들에게 으쓱해 보일 수 있는 인정을 받는 것. 그러면 이제야 안심할 수 있을 것 같다고 생각했던 날들. 나는 큰돈을 손에 쥐게 될 법한 보상 같은 것을 기다리고 있던 건지도 모르겠다. 누군가를 따라잡았다는, 혹은 제쳐냈다는 만족감. 그리고 나를 향해 들려오는 박수 소리만이 '맞는 길로 잘 걸어왔구나'라는 확신을 주는 증표라고 믿으면서. 타인이 나를 판단해 주기만을 바랐던 것이었다. 누군가 나를 보고 꽤 괜찮은 삶을 살고 있다고 인정해 주지 않음이 나를 불안하게 했기에.

나태한 현실 감각 속, 나의 상상과 이상의 괴리감은 나를 더 먼 길로 돌아가게 했다. 타인을 향한 동경과 한탄 사이에서 의미 없이 허우적거려야 했으니까. 그리고 그런 나의 고민을 뜬금없이 관통했던 것은 영화 소울에 나온 작은 물고기 이야기였다.

어린 물고기가 늙은 물고기에게 헤엄쳐 가서 질문했다.

- 나는 '바다'라고 불리는 곳을 찾고 있어요.

- 바다? 바로 지금 네가 있는 곳이 '바다'야.

- 이건 '물' 이잖아요. 내가 원하는 건 '바다' 라고요!

평생 동안 무대에서 연주하는 날만을 기다려 왔던 조가 꿈을 이루었던 날. 그는 드디어 인정받게 되었다는 만족감 혹은 극도의 행복감이 아닌 '그럼…이다음은 뭐지?'라는 허무감을 느꼈다. 그런 그를 바라보던 도로시가 해 준 이야기가 바로 이 물고기 이야기였다.

고된 나날들을 버티어 소망을 이루게 되었을 때, 허탈한 감정만이 내게 남는다면. 꿈을 이루어야 하는 이유도, 무언가를 그토록 원하고 갈망해야 하는 이유도 없어질 거라 짐작해 본다. 그것만이 나의 행복이 될 거라고 믿으며 살아왔는데, 그 끝에 다다랐을 때 그다지 행복하지 않다는 걸 깨달아 버린다면, 바라며 살아왔던 날 보다 이룬 후의 날들이 더 불행할 테니까.

나는 주인공 조나 어린 물고기처럼 매일 바다를 헤엄치며 바다를 찾고 있던 것이었다. 한 번뿐인 나의 작은 인생에서 중요한 건 바라고 열망하는 것을 넘어 매일을 존중하는 삶이었는데. 매번 다른 사람들을 바라보며 그들에게 인정받기를 꿈꿨다. 그렇게 얻는 게 성공이고, 그 성공에서 오는 게 행복인 줄 알고선 말이다. 양옆을 돌아볼 새도 없이 어딘가로 달려가기만 했다.

성공 혹은 행복의 척도를 판단하는 기준점을 나에게 돌리는 것이, 나의 길을 걸어가는 방법이 되어야 했는데.

'다른 게 무슨 필요가 있어? 하루를 살아갈 때 작은 것에 행복을 느끼기만 하면 되잖아?' 이제는 단순한 생각이 자리를 잡기 시작했다. 기다리고 바라기만 하는 것이 아니라 지금 있는 이 자리에서조차 행복할 수 있겠다는 생각이 든다. 행복하게 사는 인생이 어쩌면 그리 어렵지 않을 수도 있겠다는 생각.

어떤 길을 걸어가던 그 끝에 있는 것만을, 있을 것이라고 믿는 것만을 바라보며 걸어간다면. 목적지에서 얻는 건 잠깐의 기쁨과 공허가 전부일 것이다. 혹여 내가 정해놓은 거리의 끝에 도달하지 못하기라도 한다면 진작에 갈증으로 죽어버릴 것이고.

지금을 살아가는 나는 앞으로 나아간다는 확신과, 걸어가는 이 길에서 만족하는 방법을 알고 있으면 된다고 믿게 되었다. 그러면 남들이 멋진 인생이라고 감탄해 주지 않아도 현재의 삶에서 행복할 수 있을 것이라고.

나는 시골이 싫어요

시골에 있는 학교로 전학을 갔다. 한 학년에 반이 두 개 밖에 없는 촌 동네 학교였다. 내가 원래 다니던 학교에서 난 2학년 6반이었는데.

산이랑 논두렁 밭두렁에 둘러싸여 있는 시골 교회에 처음 갔던 날. 엄마 손을 꼭 잡고 2층으로 올라가는 계단에 발을 디뎠다. 그리고 고개를 살짝 들자 유아실 문이 보였는데, 그 문간에 서 있던 언니들의 시선이 느껴졌다. '야, 재 싫지 않냐' '응, 나도 싫어' 나를 뚫어지게 쳐다보며 나누던 대화도 들렸다.

나랑 인사 한번 해본 적도 없고, 말도 해본 적 없는데 내가 싫다고 했다. 계단 올라오는 틈에 본 게 전부였는데.

'하은아 너 우리 5공주에 들어올래? 우린 4명인데 너도 껴줄 게' 전학 온 첫날부터 친구가 생겨서 기뻤는데, 짝이 정해져 있는 아이들의 왕국에 홀수가 되어 끼어들어 간다는 것부터가 잘못되었던 건지. 나는 학교에서도 곧장 아이들의 미움을 받기 시작했다.

5공주 친구들은 내 아바타 코디북 5개를 훔쳐 갔다. 같이 하고 싶어서 가져갔던 건데 말이야. 나를 대체 어떻게 안 건지도 모를 옆 반 여자애는 '네가 하은이야?' 앙칼지게 물어보며 나를 흘기고는 돌아갔다. 애들은 내 앞에서 보란 듯이 수군거리며 귓속말을 하기도 했다. 그럼에도 나는 눈치만 봐야 했다.

나는 예전이나 지금이나 똑같은데, 여기에서는 왜 나를 싫어하는 걸까.

그 상황을 이해할 수 없었던 9살의 나는 사랑받기 위해 노력했다. 시골 생활에 누구보다 익숙한 사람처럼 보이면 나를 껴 줄 것만 같았으니까. 친구들을 만나면 강가에서 논두렁에서 뛰어놀며 개구리를 손으로 낚아챈 뒤 손바닥에 올려놓았다. 나 이런 것도 잡을 수 있어. 무릎까지 차오르는 흙탕물도 마다하지 않고 들어갔다. 나도 여기에 어울리는 사람이야. 애들이 쓰는 지방 사투리도 입에 붙였다.

'정말로 그럴껴?'

그럼에도 겉돌기만 했다. 어쩌면 이 동네 사람들 모두가 나를 싫어하는 것일 수도 있겠다는 생각도 들었다.

이유없이

'나는 시골이 싫어요.' 속으로 되새기는 것을 몇 달이나 반복했을까. 6개월이라는 짧은 시골 생활을 마치고 다시 안산으로 돌아가게 되었다. 전학 간다는 게 알려지자마자, 내가 도시에서 왔다는 이유로 나를 싫어하던 애가 '너 도시로 돌아가?' 라고 물어봤던 마지막 말이 기억에 남는다. 여전히 그때를 떠올리며 눈을 감으면, 시골 학교의 복도가 크게 느껴졌던 2학년의 내가 된 것만 같아 쓸쓸하다.

고약한 아이들을 떠나 나를 반겨주는 친구들을 다시 만났지만, 어린 날 경험했던 몇 달간의 괴로움은 나의 초등학교생활 전부를 괴롭혔다. 길거리를 걸어가다 초등학교 고학년 언니들과 교복 입은 언니들을 보기만 해도 주눅이 들었다. 교회에서 처음 본 언니들이 나를 싫어한다고 말했던 것처럼, 나를 싫어할까 봐.

같이 걷는 친구 없이 밖을 걸어 다닐 때면 고개를 푹 숙이고 걸어갔고, 저 멀리 언니들이 보이면 길을 빙 둘러서 돌아가곤 했다.

그때 깨달아야 했던 건지도 모르겠다. 이 세상에는 나를 이유 없이 싫어하는 사람도 있다는 것을. 그리고 또 있을 거라는 것을. 그럼에도 항상 사랑받기를 기대하던 나는 정말 어리석었다.

오늘은 푸르고 춥고 눈물이 나고

한국으로 돌아갈 때마다 엄마는 내가 못 본 시간만큼 한 번에 나이가 들어있다. 그래서 나는 평범했던 오늘이 사무치게 그리워질 거라는 생각을 종종 한다.

조금 습하고 서늘한 공기. 핸드폰 스피커로 들리는 엄마의 피아노 소리. 애매하게 얼굴 주변을 오가는 날파리. 그렇게 평범했던 하루가.

무서워하지 말아요. 고요한 이 순간을. 화분을 비집고 담긴 줄기는 새 잎을 터트린다. 분무기를 잡고 물을 뿌리면 치익 아래로 떨어지는 물방울은 가볍고 무겁고. 내 마음은 아래로 흘러내리기만 해.

엄마는 네가 영국으로 사라져 버려서 행복하단다. 그렇

게 말해준다면. 못난 사람처럼 굴고 나를 떠나가 버린다면 좋을 텐데. 착한 엄마는 나를 더 아프게 한다. 순진한 엄마는 나를 질타한 적도 미워한 적도 없어서.

어떻게 보면 사람을 가장 괴롭게 하는 방법인 것 같아. 재지 않는 사랑을 주고, 떠나가 버리는 것. 큰 사랑을 베풀지 마세요. 죽지 마세요. 그런데 어떻게?

당연하게 받아들였던 내일이 오지 않을 수도 있다는 것. 읽어 본 적도 없는 자기개발서의 첫 문장인 것 같지만. 정말 지루하기 짝이 없는 일상도, 내가 우연히 누리던 특권이었다는 걸 알면. 손을 내 치지는 못한다.

결국, 내가 하고자 하는 건 엄마와의 시간을 붙잡으려는 노력이다. 미간을 찡그리며 고생하지 않더라도 곧바로 기억을 불러올 수 있게. 나중에 언제든 꺼내볼 수 있게 애쓰는 행위.

갓 다림질해서 뜨끈뜨끈하던 옷의 냄새도, 냉장고를 부스럭거리는 비닐봉지 소리도, '엄마 뭐해?' 전화하면 '전화 받고 있지' 받아치던 어이없는 한 문장도. 다 내 몸의 감각으로 전환되었으면 해서.

내 이름은 흔하디흔한 하은인데. 그것조차 감사해야 하는 걸지도 모르겠다. 길을 걸어가다 보면 모르는 아줌마가 하은아 빨리 와! 부를 가능성이 더 높을 테니까. 물론 나를 칭하는 건 아닐 테지만. 속으로는 우리 엄마가 날 불렀다고 생각하면 되잖아.

런던 한가운데 있는 집에서 밥 한 숟가락을 뜰 때마다 엄마 생각을 해볼까 싶기도 했다. 그런데 혼란이 생길까 봐 그건 못 하겠어. 나중에 밥숟가락을 뜨며 기억하는 거라곤 '아 맞다 나 밥 먹으면서 엄마 생각했었는데' 엄마와 함께 했던 순간이 기억나는 게 아니라 짝이 맞지 않는 날짜가 생각날 수도 있으니까.

소리나 냄새로 불러와지는 기억을 정할 수 있는 방법은 없을까. 애타는 마음을 가져보기도 했다. 코를 비집고 들어오는 냄새에 거부할 수도 없이 문득 떠오르는 기억들을 내가 정할 수 있게. 식탁에서 덜그럭 거리는 그릇 소리가 나면 엄마와 함께 밥을 먹으며 나누던 대화들이 생각나게. 피죤 섬유 유연제 냄새를 맡으면 등교하기 전 나를 껴안고 기도해 주던 엄마의 품이 생각나게. 하나님, 오늘도 하은이를 안전하게 지켜주세요. 된다면 목소리도 같이 떠오르게 해준다면 좋겠는데.

난 그냥

벌써 엄마가 보고 싶어.

냄새

눅눅한 냄새. 내 속에서 곰팡이가 피어 냄새가 올라오는 것만 같아 향수를 뿌렸다. 머리에도 뿌리고 몸에도 뿌리고. 시원한 향이 코로 들어오면 모든 게 감춰지는 줄만 알았다.

게워내는 거부

배불러서 못 먹겠어요. 정말로 그만 먹고 싶었는데. 어깨가 움츠러들 만큼 큰 소리를 듣는 바람에 입안 가득 음식을 욱여넣었다. 하지만 목을 넘실거릴 만큼 밀어 넣은 밥은 소화되지 않았고, 모두 게워졌다. 그다음부터는 배불러서 못 먹겠다는 표현을 할 수 있었다.

종종 나는 아빠의 주변 사람들에게 잘 보이기 위한 목적으로 혹은 그의 관대한 모습을 위해 이용되곤 했다. 내가 알지도 못하는 사람들의 홍보 포스터를 밤낮으로 만든다던가 하고 싶은 마음도 없는 영상 편집을 해주는 것. 보상 하나 없이 밤새 컴퓨터를 두드리던 사람은 나였고, 결과물을 별거 아니라는 듯이 전해주는 사람은 아빠였다. 이번 거는 진짜 못하겠어요. 다 너한테 도움이 되는 일이니까 그러는 거야. 또다시 윽박을 지르는 탓에 억지로 해야 했다. 그리고 나는 고열로 앓아누웠고, 그제야 더 이상 못 하겠다는 말이 전달되는 것 같았다.

나의 거부 의사는 언제나 내가 아프고 난 후에야 받아들여지곤 했다. 그래서 나는 '싫어요' 한번 제대로 뱉어 보지 못하고 아프기만 했다. 그것도 아니라면 '저는 괜찮아요'라고 무조건적으로 답한다거나. 어차피 해야 할 거 의미도 없이 뱉던 말들이었다.

그런데 괜찮다는 말이 내 입안에서 반복되자 나는 그것이 진심이라고 믿게 되었던 것일까. 정말로 괜찮다고 생각해서 무엇이 문제인지조차 분간할 수 없고, 스스로 판단 내릴 수도 없게 되었다. 어떤 감정이 나를 주눅 들게 하고 스트레스 받게 하는 건지 모르겠어. 나는 그냥 아파.

토기가 올라오려는 듯이 혀가 말리는 느낌이 들면 '오늘 뭘 먹었더라' 날짜가 지난 음식은 없었는지 확인해 보는 게 아니라, 내가 무슨 일을 겪었던가 돌아보는 게 먼저였다. 손이 저려오고 머리에 열이 오르기 시작해도 해열제를 찾기보다는, 어떤 상황이 내게 힘들었던 건지 시작점을 찾아보는 게 중요했다. 지끈거리는 머리를 붙잡고 있었던 일들을 헤집고 들어가면 '식물이 죽었던 날, 어쩌면 나는 슬펐던 것 같아' 등의 흐릿한 이유를 찾아낼 수 있었기 때문이었다.

그렇게 몸이 다 망가진 후에야 고치러 가게 되었다. 어디에서 연기가 피어오르는 건지 알아내기 위해 고장난 자동차를 분해하는 것처럼. 덜그럭 거리는 소리 하나로는 알아차리지 못했던 나는, 그것이 다 붕괴되고 녹슬어서 작은 폭발음을 낸 뒤에야 '뭐가 잘못된 거야?' 깜짝 놀라는 제스처를 취하게 된 것이다.

내게 무시되던 감정들은 내 안에서 진화하기를 택했다. 감정을 그 자체로 표출하는 것이 아니라 몸의 구석구석을 찌르는 것으로. 이렇게라도 알아주길 바랐던 건지, 내 몸은 싫다는 말을 밖으로 내뱉기도 전부터 아프기를 선택했다.

조약돌

'사실 제가 우울증이 있어요'라는 말을 빈번히 듣게 되었다. 얼굴에 붉은 생기가 가득한 미소, 혹은 잔뜩 바스락거리는 표정, 아무것도 아니라는 듯이 애써 말하는 사람들의 한숨을.

나도 이제는 알 것 같다. 곧 떠나버릴 인연을 다시 마주한다는 느낌과 감정을. 타국에서 숱한 이별들을 겪다 보니 어느새 '우울'이라는 감정도 내 생활의 일부가 되어버렸기 때문이었다.

영국에 살면서 어학 공부를 하러 온 사람, 대학을 다니기 위해 온 사람, 혹은 워킹 홀리데이를 온 사람 등등 다양한 이유로 이곳에 온 사람들을 만났다. 그리고 우리는 같은 나라 사람이라는 이유로 동지애라도 느꼈던 것인지 타지에 살면서 겪은 어렵고 고되었던 일들을 털어놓으며 금세 친해지곤 했다. 그러나 문제는 모두가 떠나가야만 하는 사람들이라는 것이었다.

3개월 혹은 6개월의 어학연수 과정이 끝나면 '한국 가서도 자주 연락할게'라며 아쉬운 말을 남기고 떠나갔다. 학교를 졸업하고 돌아가는 날이 오면 '한국 들어오면 꼭 연락해. 같이 놀자' 미래의 약속을 뭉뚱그려 던져놓고 사라졌다. 친해지고 떠나가고, 결국 서로를 만나기 전 알지 못하던 시간으로 돌아가는 일을 마주하는 일을 되풀이했다.

그렇게 나는 좋은 추억의 개운함을 가지고 떠나가는 이들만 있는, 휴양지의 바다 같은 사람이 되었다. 나는 항상 이곳에 있는데 사람들은 나를 다녀가기만 한다.

어떤 추억은 가늘게 그어진 틈새 사이로 빛을 받고, 물에 긁히기도 했다. 마치 큰 바위 하나가 침식되어 가는 것처럼, 내게는 아주 느긋하지만 앞으로 나아가며 조각났다.

12시간이라는 시차의 이유로, 살아가는 환경이 달라 공통점이 점점 사라졌다는 이유로, 서서히-느리게-서서히 '그때 그곳에서 만난 사람이 있었는데'와 같은 추억으로 서로의 범위가 줄어들고 깎여 나간다. 그렇게 사라져버린 조약돌과 같은 우리들의 시간은 이곳에 남아있는 내가 고스란히 품어야만 한다. 그들은 바닷가에서 주워간 조약돌을 추억 속 애장품 정도로 남겨 놓았는지도 모르겠다. 가끔 꺼내 보며 '영국은 어때? 잘 지내고 있지?' 안부 정도 물으면서.

RHYS IFANS
HARPER LEE'S
AARON SORKIN
BARTLETT SHER
NO SMOKING

난 정말 아무거나 다 괜찮아

'오늘 한 번만 기다려주라, 네가 청소 당번에 걸리면 10번 기다려 줄게.'

부탁을 해야 하는 상황이 오면 민망함과 불안감이 앞섰다. 무언가 큰 신세를 지게 된 것 같고, 화답에 앞서 거절당할지도 모른다는 생각으로 불편해졌기 때문이었다. 그래서 굳이 할 필요까지는 없었던 과장들을 순간적으로 덧붙였다. '네가 청소 당번에 걸리면 10번 기다려 줄게' 같은, 구태여 말하자면 손해 보는 거래를 말이다. 물론 그 말을 뱉자마자 내가 왜 10번이나 한다고 그랬는지 반성했지만.

먼저 집에 가라고 할걸. 친구가 지루해 할까 봐 도망치듯 청소를 했던 것은 덤. 벽에 큰 포스터를 붙여야 했던 날은

'반대쪽 모서리 좀 잡아 줄 수 있어?' 같은 단순한 부탁조차도 멋쩍어 했다. 그래서 최대한 빨리 붙여버리곤 일을 마무리지었는데, 비뚤어진 포스터가 거슬렸지만 다시 부탁을 하기는 싫어서 그런대로 감수했다. 오히려 상대방이 '하은아 다시 붙여야 하는 거 아니야? 잡아줄까?'라고 했음에도 '괜찮아. 대충 살지 뭐.' 이렇게 대답해 버렸다.

영화를 보러 갈 때나 밥을 먹으러 갈 때처럼, 크고 작은 무언가를 골라야 하는 상황에서도 똑같았다. '난 정말 아무거나 다 괜찮아. 그러니까 나는 신경 쓰지 말고 원하는 거 골라(제발)' 이 말을 가장 먼저 뱉어야 속이 시원했다. 정말로 나는 아무거나 다 잘 먹고 어디를 가더라도 행복하니, 네가 원하는 것을 했으면 좋겠어. 어떤 것도 선택하고 싶지 않았다.

그들이 요구하는 것들은 찌그러트리던지 찢어내던지 나를 변형시키면 되는 것이었고, 내 입에서 나오는 요구는 타인이 변형되어야 하는 일이었기에. 혹여 나의 선택과 부탁이 나를 싫어해야 하는 구실을 주는 것일 까봐 그랬다. 성가시다는 듯이 내뱉는 한 문장의 주인공이 되고 싶지는 않아서. 등신 같은 짓이라는 건 누구보다 잘 알았지만, 모든 불편함을 나 혼자 감당하는 게 편했다. 그냥 그렇게. 그것이 내가 자처한 불편함일지라도.

그래서 어쩔 수 없이 부탁을 해야 하는 순간이 오면, 그럴 필요까지는 없었던 조건들을 마구 가져다 붙인 뒤에 간청하는 식이 되어 버렸다. 거절당할 까봐, 거절할 수 없는 확실한 이유를 만들어 내기 위해서. 무릎을 꿇고 손을 싹싹 비는 형체를 문장화한 것이 내가 부탁하는 어투였을까. 부탁을 하기도 전부터 그들의 불편한 감정을 눈치채게 될까봐 벌벌 떨었다.

나는 내가 둔감하고 게으른 사람인 줄 알았는데, 알고 보니 예민하고 게으른 사람이었다. 상대방의 작은 감정 변화에도 예민하게 반응하는, 이 세상에 신경 써야 할 것이 너무나도 많은 사람.

그러니 내게 찾아온 D의 존재는 나의 소심한 마음에 지진을 내기라도 할 것처럼 거대했다. 그녀와 함께 시간을 보내면 보낼수록 '여기에 갈래?' '저기는 어때?' '이거 먹어보러 갈래?' 수많은 부탁 혹은 의견들을 별 거리낌 없이 말하고 있었으니. 그녀는 정말로 흔들림을 몰고 왔던 게 맞다.

D는 자신을 나와 같이 소심한 사람이라고 소개했지만, 내가 보기에는 누구보다 대담하고 주관이 뚜렷한 사람이었다. 내가 한껏 자신 없는 목소리로 오늘 겪었던 일에 대해 앓는 소리라도 내면 '왜 그렇게 생각해? 나는 그런 부분이 정말 멋있다고 생각했는데'라며 무작정 위로하는 소리와 더

불어 본인이 겪었던 민망한 일들까지 설명해 줬다. 별달리 할 말이 없어서 가식으로나마 답변을 대강 채워준 적은 한 번도 없었기에, '어쩌면 D가 말하는 것처럼 나도 괜찮은 사람인 걸까?' 착각에 빠져 보기도 했다. 그래서 D의 옆에 앉아 그녀가 하는 이야기를 들으면 마음이 차분해졌고, 어떤 고민을 말하던지 다 해결될 것만 같았다. 명백한 답을 던져주는 것은 아닐지라도 나의 혼란을 가라앉혀 줄 설명서를 지니고 있는 것만 같아서.

그녀와 나는 서로 비슷한 관심사를 가지고 있다는 교집합을 붙잡고 있기도 했지만, 그녀 자체가 모든 일에 머뭇거림 없이 흔쾌히 동행해 주는 사람이었던 게 큰 이유였다. '매일 아침 조깅 할래?' '새벽에 동네 사진 찍으러 나가볼까?' '지금 만날 수 있어?' 같이 충동적인 요구 사항까지도 당연히 함께해 줄 것이라는 믿음을 주었기에.

집에 들어가기 싫어서 머뭇거리던 날이면 '템스강 따라서 걷다가 들어갈까?'라며 스스럼없이 자신의 시간을 내어주었고, 어떤 황당한 의견을 말해도 서로 좋다며 맞장구를 쳤다. 그렇게 D가 내게 준 의지는 이전의 삶의 방식을 바꾸게 될 만큼 넘쳐흘렀다. 그녀와 쌓은 요구와 화답들이 나의 연습이 되어 내 의견을 상대에게 말해볼 수 있는 받침대가 되었으니까.

이전에 경험하던 거절과 부탁은 나를 좌절시킬 만큼 무거운 부피를 지녔었다. 그렇게 크기를 키워가며 나를 짓눌러 오기만 했는데. 내 인생 가운데 예고 없이 찾아온 이들과의 상호 작용은 나를 무뎌지게, 그리고 단단해지게 만들었다. 좌절의 크기가 더이상 나를 밀어내지 않을 만큼. 그래서 나는 나에게 그 사실을 알려준 D와, 우리의 짧은 만남을 감사한다. 고마워.

유로스타

런던으로 돌아오는 기차 안. 자리를 잡고 피곤한 눈꺼풀을 내리깔자마자 빽빽거리며 우는 아이들이 옆자리에 앉았다. 반쯤 뜬 눈으로 옆자리를 보니 서럽게 우는 아이 3명과 안절부절 어쩔 줄을 모르는 엄마 한 명. 이렇게 4명이 자리를 차지했다. 그렇다고 세 시간 내내 돌아가면서 울 줄은 몰랐는데.

내 왼쪽 자리를 차지한 사람은 중년의 신사였다. 아이 3명을 데리고 고군분투하는 엄마를 보더니 잘하고 있다며, 힘들 텐데 수고한다고 칭찬을 날리더니 책을 꺼내 들었다. 그는 중저음의 멋진 목소리로 소리 내서 책을 읽었다. 힐끗 보니 두꺼운 책은 반 절도 더 남아 있었다.

왼쪽에서는 책 읽는 베이스가 울리고 오른쪽에서는 귀를

째는 바이올린 삼중주가 울려 퍼졌다. 나는 시트콤 같은 심포니를 들으며 뜬 눈으로 킹스 크로스 역에 도착해야 했다.

그런데도 짜증이 나지는 않았다. 여행이 주는 설렘이 남아있기 때문이었는지. 단화를 신고 매일 2만 보를 걸었던 탓에 물집이 잡힌 발과 피로가 쌓여 무거운 다리로 겨우 집에 도착했을 때, 침대에 벌렁 드러누워 곱씹었던 것은 파리에서 보았던 에펠 타워와 모네의 연꽃이었으니까.

저는 그렇고 그런 자퇴생이 아니랍니다

#1

'하은아 네가 왜 자퇴를 해?'

나는 고등학교에 입학한 지 3일 만에 자퇴를 해버렸다. 그 소식을 들은 친구들은 모두 경악했는데, '네가 대체 왜?' 나에게는 그럴만한 이유가 전혀 없었다는 듯이 온갖 질문들을 쏟아냈다. 글쎄.

새로운 학교에 들어가자마자 주먹 다툼을 했다던가, 오토바이를 타고 담배를 피우면서 등교하는 분란을 일으킨 건 아니었다. 나는 새로 만난 친구들을 탐색하고 낯선 학교에 적응하기 바빴던, 지극히도 평범한 학생이었으니까.

자퇴는, 담임 선생님과 면담을 한 날, 갑자기 날아든 테니스 공처럼 일어났을 뿐이었다.

'선생님 저는 야간자율학습 안 하려고요. 부모님과는 이미 상의를 했습니다'

나에게는 다 계획이 있었다. 방금 고등학생이 된 녀석이 뭔 계획이 있겠느냐고 비아냥거릴지도 모르겠지만. 정말로 계획이 있었다. 수업이 끝나면 후다닥 집으로 돌아가 그림을 그리고, 밖으로 나가서 예술과 관련된 경험을 쌓는 것. 에계, 겨우 이런 걸 계획이라고? 듣는 이가 실망한다 한들. 진득하니 앉아 수학 문제 100개를 풀면서 예술가가 될 수는 없었기에. 학교 밖 시간이 꼭 필요했다. 무엇보다도 '하루에 23시간씩 공부하겠습니다' 범생이인 척 뱉는 말보다는 더 진정성 있는 것 같아 흡족스러웠다.

'야, 네가 뭐라고 야자를 하고 말고를 결정해?'

문제는, 선생님이 당연히 허락해 줄 것이라고 믿었던 나의 안일함이었다. 야자는 강제가 아니라 학생의 필요에 의해서 선택할 수 있는 거라고 들었는데, 이렇게도 되는구나. 선생님은 네가 뭐라도 되는 줄 아느냐고, 정신 차리라며 콧방귀를 뀌신다. 아 물론 내가 방금 꿈을 짓밟힌 데미안 허스트라던가 뭐 피카소 이런 사람은 아니고 그저 장하은이었지만, 솔직히 한번 잘 해보라고 응원해 주실 줄 알았단 말이지. 그렇다고 예상치 못했던 완강한 거부에 '네…' 기어들어가는 목소리로 순응할 수는 없었다. '선생님 저 여기 상위권으로 들어왔어요. 집에서도 혼자 공부할 수 있으니 믿어주세요…' 그래서 구걸 같은 반박도 해보았지만. 그 방법이 먹힐 일은 역시나 없었다.

'야 너 진짜 웃긴다, 공부나 해'

면담 시간 내내 비웃음을 받고 나오니 진땀이 다 빠졌다. 모든 시간을 학교 안에 갇혀 있는 것으로 다 써버려야 한다니. 그보다도 매일 마주봐야 할 담임 선생님을 대체 어떻게 견뎌내야 하는 건지.

'하은아!'

터덜터덜 집으로 걸어가는 길에 조수석 창문을 열고 손짓하는 엄마를 봤다. 곧바로 아빠 차에 올라타니 서러운 말이 새어 나왔다. 오늘 선생님이랑 면담을 했는데 나 같은 건 야자나 하래요. 전시회에 갈 시간이 필요했는데 그럴 수가 없대요.

열림교회 닫힘*처럼 열려 있지만 분노로 닫혀있고, 분노에 가려서 두려운 사람이었던 아빠는 예상치도 못하게 열려 있는 경우가 많았다. 그렇다고 대단한 해결을 기대하고 말한 건 아니긴 했는데.

---

*열림교회 닫힘: 한 이미지에서 만들어진 인터넷 유행어. 시작은 2013년 3월 13일에 작성된 트윗으로 트위터 유저의 교수님이 양면성이 드러나는 사진을 가져오라 했는데 이에 대해 '열림교회'가 닫혀 있는 사진을 가져갔다.

'그런 선생님 밑에서 1년 동안 다닐 수 있겠어? 차라리 자퇴하고 너 하고 싶은 거 하면서 공부하는 게 어때?'

오늘은 열림교회 열림이로구나. 학교는 가기 싫어도 무조건 다녀야 하는 곳이라고 생각했는데. 아빠가 화를 내기는커녕 자퇴를 제안하셨다. 그새 내가 염두에 놓았던 것들은 선생님 밑에서 어떻게 알랑방귀를 뀌며 적응해 나갈 것인가, 시험 성적표로 증명을 한 다음에 다시 요구해야 하나 이런 것들이었는데. 자퇴라니. 나올 듯 말 듯 하던 눈물이 쏙 들어갔다.

'사실 네가 고등학교에 입학하기 전부터 자퇴에 대해 물어보고 싶었어. 내가 네 나이로 돌아간다면 고등학교 같은 건 안 다니고 학교 밖에서 배우기를 택했을 것 같거든. 네가 예술가가 되는데 필요도 없는 과목들을 하루 종일 엉덩이 붙이고 앉아서 배울 건지, 네 목표를 이루기 위해서 어떤 방법이 최선인 건지 잘 생각해 봐. 목표는 좋은 대학교를 가는 게 아니라 네 꿈을 이루는 게 되어야 하니까.'

이런 게 바로 거스를 수도 없이 정해진 운명 그런 건가. 무언가 딱딱 들어맞는 것만 같았다. 갑자기 차분한 말투로 자퇴를 제안하는 아빠와 예상치 못했던 나의 상황들. 그뿐만 아니라 단 3일 밖에 다니지 않았던 학교는 적응이라고 부를 것도 없이 아직도 낯선 곳이었다. 그러니 지금 빨리 자퇴를 한다면 원래부터 없던 사람인 것처럼 사라지기에 안성맞춤이잖아!

'좋은데요?'

그렇게 나는 선생님과 면담을 한 날, 순식간에 자퇴를 결정하게 되었다. 그러니까, 가족과의 원만한 합의하에. 나 자신과의 만족스러운 합의하에 말이다.

#2

물론 그때는 몰랐다. 내가 사회 부적응자의 탈을 뒤집어쓰게 될 줄은.

학생들이 하교를 하기 전인, 이른 오후 시간에 전시회에 가려고 버스에 올라타면 '삑. 학생입니다' 경쾌하게 울리는 목소리에 이목이 집중되었다. 버스 좌석을 채우고 앉아있던 아주머니들의 시선이 나에게로 향했기 때문이었는데. 나는 정갈한 교복도, 문제집으로 가득 찬 가방도 아닌 작은 크로스백에 티셔츠 차림이었으니. 슈퍼에 가서 물이라도 사면 '아니 학생이 지금 이 시간에 뭐해?' 이 말은 거의 인사말이나 다름없을 정도였다.

'오늘이 학교 개교 기념일이라서요.'

3년 내내 개교 기념일인 척해야 했다. '저는 제가 하고 싶은 일이 있고, 다른 목표가 있기 때문에 학교를 안 다녀요'

말하고 싶어도 거짓말을 하는 편이 편했기 때문이었다. 자퇴라고 하면 자진해서. 그러니까 스스로 학교를 그만둔 것인데. 퇴학이랑 착각하는 사람들은 어디에나 있었으니까. 흐엑 자퇴를 했다고요?!

그때 나는 영화 감상 평이나 그림 혹은 예술사 같은 것을 블로그에 올리곤 했는데, 비슷한 나이에 영화 감상 평을 쓰는 사람을 만난 적이 있었다. 신나서 대화를 하다가 '어디 학교 다녀요?' 묻기에. '예술가가 되는 게 꿈이라 자퇴하고 혼자 공부하면서 여러 경험들을 쌓고 있어요' 솔직하게 말했다. 이게 진짜 나인 걸요? 그런데 내가 그 말을 하자마자 연락이 끊겼다.

대형 박물관에서 진행하는 청소년 방학 프로그램에 신청을 하려고 했을 때는 '재학 중인 학교 이름'을 적는 칸을 발견했다. 빈칸으로는 제출할 수 없던 양식. 질 수 없지. 문의창을 켜고 메시지를 작성했다. '저는 학교를 다니지 않고…' 뭐라 뭐라 나의 목표와 포부 따위를 들먹이며 학교를 왜 안 다니고 있는지 설명했다. 내가 화장실에서 담배를 뻐끔뻐끔 피우고 돈을 뜯는 학생이 아니라는 것을 증명하기에 이 정도면 충분하겠지. 그런데 돌아온 답은 새벽의 나를 눈물짓게 할 뿐이었다. '아무래도 자퇴 학생이 들어오면 다른 학생들에게 안 좋은 영향을 미칠 것 같아서요…'

이 보세요. 다시 말하는데, 나는 퇴학을 당한 게 아니라 내가 원해서 자퇴를 한 거라고요.

오후 2시쯤 시작되는, 어른들이 참여하는 전시회 프로그램에 청소년 증을 내밀고 들어가고, 종종 나를 불량 청소년이라고 생각하는 사람들의 시선과 마주하고, 자퇴생으로 살아간다는 게 쉽지 않으리란 건 알았지만, 그게 사람들의 시선과의 싸움이 될 줄은 전혀 몰랐다. 그 시선들에 화가 나서 씩씩 거리고 눈물짓느라 적응하는 데에는 꽤나 오랜 시간이 걸렸을 만큼 어려웠으니까. 얻는 게 있으면 잃는 것도 있다는 사실을 아마 그때 뼈저리게 깨달았던 것 같다.

서약서

- 영국이나 미국에서는 결혼하기 전에 서약서를 쓰는 경우가 많아.

- 어떤 서약서? 사랑의 서약서 그런 건가?

- 아니, 이혼할 때 어떻게 할 건지 적는 거 말이야. 한국도 그래?

- 그런 게 있다고? 난 처음 듣는 소리인데.

서양권에서는 결혼하기 전에 이혼과 관련된 서약서를 적는 경우가 많다고 했다. 이혼을 하게 되면 어떻게 할 것인지, 양육권 분배와 재산 문제 등 뭐 이런 것들을 미리 적는 거라나. 결혼으로 가족을 이루면서 이혼을 준비한다는 것은 나에게 신선하면서도 황당한 과정이었다. '진짜로 그런 게 있어?' 몇 번이나 다시 되물어봤을 만큼. 지극히 주관적인 감정으로 결혼을 하면서 이성적으로는 '우리 헤어지면 너 양육비 이만큼 내야 해. 그리고 집은 내 것이 되어야 하고' 이런 것들을 미리 적는다는 건가?

내가 결혼에 대해서 무지했기 때문에 몰랐던 것일 수도 있다. 사전 서약 없이 덜컥 이혼을 마주하는 것보다는 미리 약속한 종이가 있는 게 더 편할 테니까. 그러나 나로서는 이해되지 않는 부분이었다. 서약서는 존재 자체만으로도 '너와 내가 영원할 확률이 그리 높지 않다는 거 알잖아?'라며 비웃는 것 같았으니까.

호기심에 전 세계의 이혼율을 검색해 보니 프랑스 55%, 미국 46%, 영국이 42% 정도 된다고 나왔다. 결혼한 사람들 중 거의 절반이 이혼을 한다는 소리다. '우리는 평생을 사랑할 거야'라는 현재의 일시적인 사랑을 무조건 믿기보다는, 이성적으로 종이 한 장을 적어 내려가는 게 지극히 합리적인 판단일 수 있다. 이혼율 퍼센트에 포함되어 있지는 않지만 이혼을 하지 못한 채 고통 속에 살아가는 사람도 많을 테니까. 50년의 결혼 생활이 50년간의 극진한 사랑은 아닌 것처럼.

관계가 사랑으로 지속된다는 건 통계적으로도 맞지 않는 소리라고 하던데, 사실 이런 통계치를 보지 않더라도 사람들은 각자 알고 있었을 테지만. 우리 평생 사랑하자는 말은, 한때의 사랑에 잠겨 너무 쉽게 오고 가면서도 그 누구도 장담할 수 없는 말이라는 걸.

- 그래서 말인데, 만약에 우리가 결혼을 하게 되었을 때 내가 이런 서약서를 쓰자고 하면 어떨 것 같아?

- 음…. 이게 서로의 미래를 위한 합리적인 판단이라는 건 알지만, 네가 날 그다지 사랑하지 않는다는 표식이라고 여길 것 같아. 현재의 사랑에 눈이 멀어 우리는 평생 사랑하며 살 것이라고 말하던 네가 사라졌다고 실망할 참일 테니까. 우리에게도 현실이 있었던가? 따위의 좌절감도 느낄 거야. 그럼 너는?

- 나도 그럴 거 같다. 진짜 서약서를 쓰고 싶다고 생각한 적은 없었어.

- 내가 생각하기에는, 만약 이혼을 하게 되더라도 사랑이 미래로 지속될 것이라는 동화를 믿다가 결말을 마주하는 게 나을 것 같아. 그게 더 비극적이고 처참하더라도 말이야. 우리 헤어지면 이렇게 하기로 했잖아. 내가 그럴 줄 알았지. 따위의 문서는 들먹이고 싶지 않거든.

나는 그럴 수 없다는 걸 알면서도 동화를 꿈꾸며 살아간다. 그래서 항상 고통스러운 것 같기도. 뭐든 꿈꾸지 않으면 될 텐데. 추운 날의 하이드 파크를 걷던 우리는 벤치에 앉아 내려 쬐는 햇빛을 바라보기만 했다.

하나

'나 돈 없어서 못 갈 것 같은데.'

'괜찮아. 돈은 내가 낼 거야. 너랑 같이 시간을 보내고 싶어서 그런 거니까 부담 갖지는 말고.'

지나가는 인연은 지나가도록 놓아주라고 하던데. 나는 미리 놓아버리는 것을 택하곤 했다. 너도 떠나갈 사람이겠지. 그렇게 냉소적인 태도를 취하는 것이 우세한 것이라 여겼다.

혼자 실망하고, 왈칵 성을 내기도 하고. 내가 요즘 좀 힘든 일이 있어서 답장을 못 했어. 미안. 이렇게 하면 찝찝한 마음 없이 떠날 수 있을 거라 생각하기도 했다. 오랜 정이라던가 미안함 때문에 억지로 연락을 이어가는 것이라면, 하루 이틀 건너 답을 하는 내게 질려버렸다고. 그렇게 말할 수 있을 테니까.

그런데 너는 오랜 공백 끝에 보낸 버석한 메시지에도 항상 기다리고 있었다는 듯이 반겨줬다. 하은아 여기, 내가 있잖아. 내가 생각했던 것보다 나를 신경 쓰지 않는 사람이 있으면, 내가 생각했던 것보다 나를 더 신경 써주는 사람이 있다는 걸 보여주기라도 하는 듯이. 너는 내가 얼마나 편협했던 것인지 깨닫도록, 민망하리 만치 나의 정곡을 찌르더라.

나와 함께 보내는 시간이 좋아서 내가 오는 날만 기다린다는 말도, 내가 좋아할 법한 선물들을 고르느라 애를 먹었다며 보이던 수줍은 얼굴도, 숨길 수 없는 진심이 드러나는 것만 같아 좋다. 오늘은 어디에 갔고, 누구를 만났고, 몇 장의 사진들과 함께 보내온 쫑알거리는 메시지들도 나를 기억해 주는 너의 배려인 것 같아 고맙고.

너는 내가 이해해 줬기 때문에 관계가 지속되는 것이라 했지만, 나는 네가 이해해 줬기 때문에 관계가 지속되는 것이라 생각한다. 그래서 나는 오늘도 너를 통해 다정한 말들을 배워.

옥스퍼드의 공간

홈스테이.

'도저히 못해 먹겠다!' 영국 옥스퍼드에 처음 도착해서 홈스테이를 한 달, 아니 일주일가량 하고 느꼈던 점이었다.

처음 보는 사람들과 한 집에 산다니. 꿈에 그리던 영국 생활이라는 낭만에 젖어 간과해버렸다. 나는 무지하게 낯을 많이 가리는 사람이라는 것을.

영국은 미국처럼 수영장이 있는 넓은 마당에 큼지막하게 지어진 집보다는 상당히 아기자기한 형태로 지어진 집이 흔하다. 대부분 방과 방, 집과 집 사이가 가깝게 붙어있는 편이라서 옆집 재채기 소리도 들린다고 하니까. 내가 머물렀던 홈스테이 집도 마찬가지였다. 그곳은 화장실조차도 주인 부부의 방 바로 앞에 있었는데, 안방 문과 화장실 문을 동시에 연다면 서로 포옹을 할 수 있을 지경이었다. 내 방 역시도 주인 부부 방에서 단 몇 발자국 옆에 있었고. 방 안에 있는 의자는 내가 앉기라도 하면 얼마나 삐거덕거리던지. 혹여 피해가 갈까 싶어서 침대에 반쯤 누운 채로 생활하는 게 일상이었다.

'나를 불편해하면 어떡하지?'

내 방 안에 들어가 방 문을 닫더라도, 두 발 뻗고 머무르는 게 아니라 숨어있는 것만 같다는 불편한 감각이 찾아왔다. 그들이 어색한 상황을 만들어 주었다던가 불쾌감을 표시한 적은 단 한 번도 없었는데 말이다.

생전 처음으로 영국이라는 나라에 와서 이 나라 사람들과 함께 생활하며 배워보겠다는 포부를 품고 왔었는데. 그들의 눈치를 보는 고단한 삶을 사느라 입 한 번 떼어볼 겨를도 없었다. 어째 그들이 씻는 일은 별로 없는 것 같아서 내가 매일 씻어도 괜찮은 건가라는 고민도 해야 했고, 방 안에서 부스럭거리기라도 하면 거슬려 할 것 같아서 딸깍 거리는 볼펜 소리도 내지 않으려고 무진장 노력해야 했으니까. 또 파스타는 왜 이리도 많이 주던지, 남기는 건 예의가 아닌 것 같아 모두 입안에 욱여넣는 역경을 겪었다.

다른 친구들을 보면 홈스테이 집 아이들과 친해져서 술래잡기를 한다던가, 주인 부부의 친구 아저씨와 맥주 한 캔을 같이 마실 만큼 가까워지던데. 게다가 한 친구는 홈스테이 아주머니에게 피시 앤 칩스를 너무 자주 주는 거 아니냐며 다른 음식도 해달라고 요구를 했다 하니. 이 모든 것들이 전부 다른 세상의 이야기처럼 느껴질 뿐이었다. 나였으면 30일 내내 피시 앤 칩스만 준다 해도 조용히 눈물을 흘리며 먹었을 텐데.

아주 어린 시절, 다른 사람 앞에서 이름 한 자 말하기도 부끄러워하던 나는 모든 상황과 환경에 낯을 가리는 어른이 되었다. 외부인과 같은 공간에 있게 되면 스스로의 벽이 너무 높은 사람. 그래서 그 벽을 넘으려고 하지도 않고 그대로 둔 채 살아가는 사람으로. 종내 무엇이든 혼자 참아내기를 택하는 어리석은 내가 된 것이었다.

그전까지만 해도 그저 사람을 다루는 서로의 방식이 다른 것이라고 여겼었다. 이상적인 답안지는 없다고 생각했으니까. 내가 편한 대로 하면 되는 거라고. 그런데 홈스테이에서 겪은 일들은 나로 하여금 '내가 다른 성격을 가졌더라면 어땠을까' 애써 꿈꿔보게 했다. 주변 사람들을 크게 신경 쓰지 않고, 물 흐르듯이 잘 지내는 사람들이 부러웠기 때문이었다. 작고 사소한 일들을 무던히도 넘어가는 사람들이. 당연한 것을 당연하게 요구할 줄 아는 사람들이.

결국 나는 홈스테이 계약이 2주 정도 남았을 때쯤, 도저히 안 되겠다 싶어서 급히 집을 구하러 다니게 되었다. 아는 사람 하나 없는 영국에서 혼자 살아보겠다던 패기보다도, 홈스테이에서 모르는 사람들과 지내겠다는 결정이 더 무모했다는 판단이 들었으니. 말 다 했지 뭐.

계약 하고 싶어요

#1

첫눈에 반해버렸다는 말처럼, 처음 보자마자 이 집이 무조건 내 집이라고 소리치던 곳이 있었다. 그럼에도 몇 날 며칠을 부동산 앱만 뒤적거려 봤는데, 내가 원하는 디자인은 언제나 품절이던 쇼핑의 기억이 남아 있어서 그랬다. 적절한 비유 같지는 않지만, 괜스레 그런 품절 사태를 대비해야 하지 않겠나 싶어서.

그렇다고 차선책으로 두고 싶은 집이 눈에 들어올 리도 없었다. 이 집이 안 되면… 이라는 가능성을 열어두고 싶지도 않았고, 천장에 비스듬하게 나 있는 창문과 아늑하기 그지없는 방. 내가 꿈꿔왔던 영국의 방이 바로 이런 거였다고 말해주는 듯한, 그 집 만이 눈앞에 아른거렸으니까. 설마 안 되겠어?

'당장이라도 계약하고 싶어요.'

한국의 부동산을 떠올려 보면 가죽 소파에 앉아 믹스 커피를 타 주시는 중년의 남성분이 가장 먼저 생각난다. 누렇게 변해버린, 큼지막한 도시 계획도가 벽에 붙어있는 것은 덤. 그런데 영국 부동산은 어딜 가나 부담스러울 정도로 새하얗게 밝은 불빛이 있고, 주름 하나 없이 깔끔한 정장을 차려입은 사람들이 앉아있다. 그래서 큰마음을 먹고 부동산에 들어가야 했던 첫날은, 같이 가줄 수 있겠냐는 나의 물음에 흔쾌히 응해주었던 모모코와 함께였다.

새하얀 바닥에 내 발자국이 남으면 어떡하지. 쓸모없는 걱정이 들었을 만큼 눈부셨던 부동산. 그곳에서 만난 중개인과 함께 방문했던 그 집은 완벽했다. 그날따라 유난히 밝게 비치던 햇빛도 한몫했던 것 같다. 창문으로 들어오던 빛 때문에 화장실 타일조차도 영롱하게 빛났으니까. 작은 언덕에서 해 질 녘 노을을 바라보던 때 느껴지던 노오란 빛처럼 보였다. 셜록이라도 되는 듯이 아늑한 소파에 앉아 눈을 감으면, 창조적인 무언가라도 떠오를 것 같다는 환상까지 보일 만큼.

어쩌면 홈스테이에서 벗어난다는 생각 하나로 환각 상태에 빠졌던 건지도 모르겠다. 드디어 탈출이로구나! 싶은 해방감은 길가에 펼쳐진 텐트조차도 사랑스럽게 볼 법 했으니까. 뭐 비극적이게도, 아름다웠던 그 집에 사는 일은 일어나지 않았지만 말이다. 콩깍지를 한풀 벗기고 나니, 해리 포터가 살던 계단 창고보다 못해 보였다거나 신데렐라의 호박 마차에서 호박으로 변해버린 것은 아니었고 단순 집 주인의 계약 취소였다.

내 마음은 이미 그 집에 살고 있었는데. 집주인은 내가 계약을 진행하는 사이 다른 사람과 계약을 끝내 버렸단다. 인터넷 쇼핑이라도 하는 것처럼, 고심해서 장바구니에 담고 결제만 하면 되겠거니 했는데. 한시름 놨던 마음에는 다시 불이 붙었다.

홈스테이를 연장할 수 있는 기간이 지나버려서 무조건 일주일 안에 새로운 집을 구해야 했다. 정말로 길바닥에서 잠을 자게 되면 어떡하지, 오만가지 걱정을 하느라 이틀 밤잠을 설쳤다. '비슷한 가격대의 집 두 군데를 찾았는데, 한번 보시겠어요?'

#2

쿵 쿵 쿵, 드르륵드르륵. 한껏 어색한 자세로 부동산 중개인의 차를 타고 도착했던 첫 번째 집. 차에서 내리자마자 본 풍경은 시멘트로 덮인 화장실이었다. 벽은 어디에 있는 거지? 그 집은 모든 것을 다 뜯어 분해하겠다는 느낌으로 리모델링을 하고 있었다. 'Umm…, 이럴 리가 없는데…' 한동안 말없이 그 광경을 보고 있자니 그도 당황했던 건지, 구경이라도 한 번 해보겠냐는 말도 안 되는 제안을 했다. 귀를 찢는 드릴 소리 사이로 돌아다니며 '여기는 방이 될 거고, 이쪽은 주방이 될 거랍니다. 완전 새 집이 되는 거예요.' 애써 포장해 보려 하는 그의 말은 귓등으로 흘려 들었다. 이게 다 무슨 소용인가. 일주일 안에 완성될 일도, 내가 시멘트 바닥에서 잘 일도 없었으니. 난 정말로 망했구나 싶었다.

공사현장에 대한 충격이 가시지를 않아 환청으로 드릴 소리를 들으며 도착한 곳은, 두 번째이자 마지막으로 남은 단 한 개의 집이었다. 뭐 이미 결정지어진 마지막 선택지이자 나의 운명이었지만.

가면을 벗어주세요! 가면 속에 숨겨진 얼굴은 누구일까 궁금해하기라도 하는 것처럼. 이번에는 어떤 고난이 기다리고 있을까 반쯤 포기한 상태로 집 앞에 섰다.

그런데 이게 웬걸, 조용하고 아름다운 동네의 흰색 집이었다. 내가 그토록 원했던 바로 그 집보다도 더 근사해 보이는, 진짜 영국식 하우스!

이번에는 모든 일이 일사천리로 진행되었다. '이 집으로 할게요.' 말을 마치자마자 부동산으로 돌아와 계약서를 꼼꼼히 읽어보고 사인을 마쳤다. 보증금과 집값을 결제하는 일, 단 한 가지만 남아버렸을 만큼 순식간이었다.

'현금 인출기가 어디에 있다고요?'

그때 나는 영국 현지 카드가 아닌 한국 카드를 사용하고 있었기 때문에 계약금, 그러니까 6개월치 방 값과 보증금을 현금으로 뽑아서 줘야 했다. 카드 한 번 쓱 긁고 집으로 돌아왔으면 멋들어졌을 텐데. 쓸모없는 아쉬움을 뒤로하고 현금인출기를 찾으러 나갔다. 대충 왼쪽으로 가다 보면 있다고 했는데…. 두세 걸음을 디뎠을 때쯤, 갑자기 우박이 쏟아졌다. 이게 바로 영국의 악명 높은 날씨인 건가. 비가 올 기미도 안 보이던 하늘이었는데. 거세게 부는 바람과 함께 우박이 나를 때렸다.

휘몰아치는 우박에 앞을 제대로 볼 수조차 없었기에, 주변을 두리번거리다 지나가는 사람을 붙잡아야 했다. '현금 인출기가 어디에 있는지 아시나요?' 다급하게 붙잡았던 터라 이상한 사람이라 생각했던 걸까. 불쾌한 표정을 짓던 무명의 그녀는 나의 몰골을 자세히 보자마자 인자한 미소를 지으며 설명해 줬다. '여기서 조금 더 가면 돼요. 이쪽으로 쭉 가면 테스코가 나오는데, 바로 그 앞에 있거든요.' 거지꼴을 하고 물어봤던 탓에 측은한 마음이라도 들었던 건지. 사실 그 사람의 어쩌고저쩌고를 제대로 신경 쓸 겨를 따위는 없어서 고맙다는 말을 마치자마자 달렸다.

점점 큰 우박이 쏟아지고 바람은 거세지는데 한국에서 흔히 볼 수 있는 현금인출기 부스 따위는 없는 영국. 이 나라의 현금인출기는 쏟아지는 우박을 맞으며 벽 한가운데에 붙어있었다. 역시 대단해. 겨우 현금인출기 앞에 도착한 나는 뒤집어쓴 재킷 모자에서 타-닥 타-닥 튀겨져 나가는 우박 소리를 들으며 돈 한 뭉치를 뽑았다. 길거리에는 우박 바람을 뚫고 뛰어가는 나와, 우뚝 서서 동영상을 찍는 사람들이 대부분이었다.

'하은아 나 지금 너네 집 문 앞인데 왜 안 나와?'

'나 문 앞에 있는데?'

그렇게 어렵사리 구한 나의 집은 2층 집을 개조한 집의 1층이었다. 엄연히 한 개의 집으로 만들어진 곳이었는데, 1층에는 내가 살고 2층에는 다른 사람이 살고. 집값이 비싸기로 소문난 영국답게 집을 나누고 또 나누어서 방을 집으로 만든 집들이 많았다. 차고를 개조해서 만든 집, 창문을 열고 들어가는 집, 방 안에 샤워 부스가 있는 집 등, 각양 각색이라는 표현으로 포장해보는, 상당히 이상한 집들 말이다. 그런데 우리 집도 그런 이상한 집들 중 하나였다.

보통 '집'이라고 하면 앞에 달려있는 문을 열고 들어갈 텐데…, 내가 의문을 제기한 것부터 눈치를 챘겠지만 현관문이 조금 특이했다. 집 앞에 떡 하니 붙어있는 현관문 그 자체의 문을 쓱 지나쳐야 했으니까. 집을 빙 둘러 뒤로 돌아가야만 보이는, 뒷마당을 마주 보는 통유리가 바로 우리 집 현관문이었다. 다시금 자세히 설명하자면, 거실을 통해 뒷마당을 바라볼 수 있게 만든 큰 창문이 나의 현관문이었다.

사실 그 즈음에는 내게 주어진 시간이 조금만 더 있었더라면, 더 신중하게 따져볼 수 있었을 텐데 막간의 후회 같은 것을 해보긴 했다. 물론 고요하고 평화로운 동네, 거실 천장에 있는 창문과 벽에 붙어있는 조명 등 박수를 쳤을 만큼 마음에 드는 점이 많았지만. 사람이라는 게 주어진 것에 만족하기보다는 조금 더 좋은 것을 바라보곤 하니까.

그런데 지금 와서 생각해 보면 그때로 다시 되돌아가더라도, 더 많은 시간을 가지고 있었더라도, 그보다 더 좋은 집을 구할 수는 없었을 거라는 확신이 든다.

이상한 것에 정을 붙이면 헤어 나오기 힘들다더니. 윗집을 오가는 발걸음 소리에 깜짝 놀라는 것도, 커튼으로 겨우 가려보는 휑한 현관 문도 신경 쓰이지 않았을 만큼 그 집이 사랑스러웠기 때문이었다.

내 주방에는 왜 이렇게도 큰 창문이 있었던 걸까

'헬로우우 안녀어엉' 입을 크게 벌려서 소리 없는 인사를 하면 하루가 시작되곤 했다. 주방에 있던 큼지막한 창문이 옆집의 창문과 다정하게 마주 보고 있던 탓이었다. 유아용 밥그릇을 손에 든 채로, 시리얼 박스를 옆구리에 낀 채로 마주치는 눈. 영국은 꼭 눈이 마주치면 인사를 하던가 미소를 짓더라. 어깨를 한번 으쓱해 보이고는 뒤돌아서서 우유 뚜껑을 연다. 그런데 저는 장하은이거든요. 낯선 사람과의 의미 없는 인사 하나조차 어색해서 창문의 사각지대를 살피기 시작했다. 주방에 발을 들여놓기 전, 창가에 서성이는 그림자가 있나 살펴보고 후다닥. 시리얼 그릇을 들고 후다닥. 거실 소파에 앉아 시리얼을 한 스푼 뜨면 '휴…' 안도의 한숨이 나왔다. 창이 이렇게나 큰데 블라인드는 왜 안 달아 놓은 건지. 그래서 창문 가득 김이 서린 날이면 기분이 좋았다.

4부

나는 나의 기억

시선을 틀어

영국이 뭐가 그렇게 좋아서 눌러붙어있는 거야? 6시간은 기본으로 기다려야 하는 병원. 예약은 3개월 뒤입니다. 간단한 검사조차 받기 힘든 나라. 게다가 넌 서양에 사는 동양인이 된 거잖아. 그런데 뭐가 좋다고 거기에 살겠다는 건지. 이해가 안 가.

시작은 단순한 이유였다. 새로운 도시, 새로운 세상. 슈퍼에 진열된 물건 하나조차도 외계 생명체처럼 살펴봐야 했던, 낯설고도 새로운 자극이 좋아서. 오래된 유럽식 건물과 더러운 지하철도 나에겐 추억 하나 없는 새것이나 마찬가지였으니까.

그리고 달력이 몇 번이나 바뀌며 시간이 흘렀을 때. 그러니까 내게도 헌 것이 생기기 시작했을 때 이곳을 좋아하게 된 이유는 시선으로부터 자유를 얻었다는 환희 때문이었다.

'눈썹 진한 사람은 내 스타일 아니야' '너무 마른 것 같은데' '옷을 왜 저렇게 입었대' '마스크 벗으면 못생겼겠지' 길거리를 걸어가다가, 음식점에서 물티슈로 손을 닦다가, 버스 뒷좌석에서. 모르는 사람들의 평가를 귀로 들어야 했던 수많은 순간들. 나는 그들에게 관심이 없었는데 나를 향해 오는 소리들은 스쳐지나 가지 않고 뾰족하게 들어왔었다.

목적지에 도착해서 숨을 골라야 했을 만큼 걸음을 재촉하던 것도. 길을 걸어가는 내내 이어폰으로 노래를 듣던 것도. 또, 땅바닥을 보며 걷는다거나 저 멀리 있는 빌딩을 보며 걷는 것도. 나를 판단하는 듯한 눈빛을 눈치채고 싶지 않았기 때문에 생긴 습관이었다. 수군수군 속닥속닥 거리는 소리를 단 한 개도 주워 담고 싶지 않았기 때문에.

검은색 옷을 즐겨 입던 것조차도 나의 무의식이 타인의 시선을 무척이나 의식했기 때문인 것 같다며, 뒤늦게 무릎을 탁 쳐본다. 그림자가 되고 싶었던 건지. 길거리의 배경이 되고 싶었던 건지. 내가 당신을 스쳐 지나갔다는 것도 눈치 못 채게, 존재감 없는 사람이 되고 싶었던 날들이었으니까.

그것들이 얼마나 무의미했던 것인가는 영국에 살면서 알게 되었다. 알고 있었지만, 내가 외적인 것에 얼마나 큰 관심을 두고 살았는지 자아성찰의 관점으로 바라보게 된 것이었다.

거울 속, 양 볼을 가득 덮은 오돌토돌한 뾰루지를 보며 '이 얼굴로 어떻게 살아'라며 눈물지을 필요도. 길거리를 지나다니는 이방인들의 눈초리를 따가워 해야 할 이유도 없었다는 것을. 이제야.

드라마틱한 성형외과 광고 하나 볼 수 없는 나라에 오니, 매일 똑같은 옷을 입고 나간다거나 기름진 머리를 긁적이며 나가도 곁눈질을 한다거나 쑥덕대는 이가 없었다. 나의 멋진 모습만을 길거리 위에 전시하기 위해 노력하지 않아도 된다니. 피치 못하게 후줄근한 옷에 모자를 쓰고 나가야 했던 날이면 평소보다 더 주눅 들었던 과거의 내가 기억났다. 화장을 하고 나간 날과 그렇지 않은 날, 인격이 두 가지로 나뉘었을 정도로 외적 요소를 신경 쓰던 그때.

물론 코로나를 통해 비닐봉지를 머리에 뒤집어쓰고 다니는 사람, 집게손으로 코를 막고 슈퍼에 들어오는 사람 등을 보면서 '여기는 바보들이 사는 나라인 가 봐' 한국 사회의 배려심과 질서 등이 사무치게 그리워질 때도 있었지만, 내 겨드랑이 냄새가 1미터 밖까지 날지언정 그게 뭐 어때서라는 마음가짐의, 다소 극단적으로 보일 만큼 남을 신경 쓰지 않는 생활방식은 나를 극에서 중간으로 옮겨 줬다고 해야 할까나.

팔꿈치가 잔뜩 헤져서 구멍이 시원하게 뚫려있는 옷을 입던, 시커멓게 때가 탄 옷을 입던, 아무렇지 않게 걷는 사람들. 그 속에서 무엇을 입고 무엇을 바르던 나는 내가 되었기 때문이었다.

'중국에 있을 때는 조금만 살이 쪄도 스트레스를 받았는데…. 지금은 예전에 입던 옷들이 안 맞게 되었음에도 불구하고 행복해.'

옷 가게에서 바지 사이즈를 들춰보던 중국 친구가 한 말이었다. 이곳에서는 나의 나 됨이 신경 쓰이지 않는다고.

'나도 마찬가지야. 그래서 이곳에 있고 싶어.'

이제는 한국에 들어가도 예전만큼 주변 사람들의 시선을 신경 쓰지는 않는다. 그러나 그곳에 머무르는 시간이 길어지면 길어질수록, 다시 어깨를 움츠리고 등을 구부려 주눅 들 거라는 사실을 안다. 신경 쓰지 않는 사람들 사이에서 나를 놓아주는 것은 쉬웠지만, 신경 쓰는 사람들 사이에서 나를 똑같이 놓아 주는 건 어려울 테니까. 그래서 나는 이곳에 머무르고 싶다.

AF13 VHH
65

카운슬링이 필요하신가요?

그날은 여느 때와 다름없는 평범한 금요일이었고, 나는 토트넘 코트 로드 근처 음식점에서 밥을 먹은 뒤 집까지 50분을 걸어왔다. 차가운 저녁 공기를 만끽해 보겠다며 런던아이 앞에 있는 벤치에 잠깐 앉았다가, 웨스트민스터 사원 건물을 잠시 바라봤다가, 여전히 철근에 둘러싸여 있는 빅벤도 힐끗 보면서. 매번 보던 것들인데도 그날따라 스쳐 지나가지 못하고 눈길을 줬다. 그게 문제라면 문제였겠지만.

집에 도착하자마자 신발을 벗고 자켓 주머니에서 핸드폰을 꺼내려고 했는데 손에 잡히는 게 아무것도 없었다. 내가 다른 주머니에 넣어 놨던가 싶어서 재빨리 온몸의 주머니를 손으로 더듬어 봤지만 나오는 건 지갑 한 개뿐이었다.

'내가 핸드폰을 잃어버렸다고?'

처음으로 했던 생각은 음식점에 두고 왔나 보다! 였다. 그런데 기억을 더듬어보니 나는 음식점을 나오면서 친구에게 메시지를 보내고 있었다. 그럼 집으로 걸어오는 길에 떨어트렸나 보다! 왔던 길을 되돌아가봐야 할까. 급한 마음에 운동화를 구겨 신는데 어째 찜찜한 느낌이 들었다. 핸드폰이 바닥에 떨어졌다면 철퍼덕은 아닐지라도 무슨 소리는 났어야 하는 거 아닌가? 불길한 예감은 틀리지를 않는다더니. 혹시나 해서 전화를 걸어봤는데 통화 연결음이 금세 끊어졌다. 곧바로 다시 전화를 해보니 전원이 꺼져있었다.

신호음으로 연결되지 않고 뚜 뚜 뚜 끊기는 소리를 들으니 '내 추억들…!' 핸드폰을 잃어버렸다는 슬픔과 훔쳐 간 자를 향한 분노가 탁구공을 주고받듯이 핑! 퐁! 이리저리 튀겼다. 차라리 지갑을 훔쳐 가지. 카드는 모두 재발급 받으면 되지만 내 추억들은 어디 가서 재발급을 받아야 하는 것인지.

아이폰 XS. 눈비가 내리던 2월의 런던에서 산 핸드폰이었다. 그 안에는 첫 프랑스, 독일, 브라이튼, 케임브리지, 브리스톨, 스코틀랜드, 네덜란드 여행처럼 내가 처음 해 본 것들이 가득 담겨 있었는데, 1년 동안 찍고 저장한 사진만 약 2만 5천 장이었다. 기록 강박증이라도 있는 사람처럼 어딜 가든 무엇을 하든 기록을 해놓았기 때문이었다. 물론 백업

같은 것은 전혀 하지 않으면서 말이다. 핸드폰을 잃어버린 적이 단 한 번도 없던 나의 백업 드라이브는, 오래된 핸드폰을 서랍장에 차곡차곡 모아두는 것이었으니까. 그렇게 해서 나는 어느 순간 다 사라져 버릴지도 모르는, 머릿속에만 남아있는 희미한 추억들을 되새겨보게 되었다. 이럴 수가.

이 사실을 믿기 싫었던 나는 이미 누군가가 핸드폰 전원을 꺼버렸다는 것을 알면서도, 어디 돌부리에 알맞은 각도로 떨어져서 꺼진 것은 아닐까 말도 안 되는 생각을 했다. 그러면서도 제정신은 어디에 있었던 건지, '이렇게 했으면 찾을 수 있었을지도 몰라'라는 뒤늦은 후회를 하지 않기 위해 할 수 있는 모든 것을 다 해보기로 했다.

일단 핸드폰을 손에 쥐고 나왔다는 아주 선명한 기억이 있었음에도 불구하고 음식점에 전화해서 혹시 분실된 핸드폰을 가지고 있냐고 물어봤고, 아이폰을 분실 모드로 설정해 보려고 아이패드 맥북 오래된 아이폰을 총동원해서 시도해 봤다. 물론 꺼진 핸드폰과의 교류는 실패했지만. 또, 도둑놈이 잠깐이라도 핸드폰을 켜보지 않을까 싶어서 분한 마음으로 메시지도 적어 내려갔다. 'You are a piece of shit mf… 이 쓰레기 자식아.' 그런데 내가 내 번호로 보낸다고 생각하니 어째 나에게 하는 말인 것만 같아 기분이 나쁘지만은 않았다면… 거짓말이고, '그 사람이 내 메시지를 보고 화가 나서 안 주면 어떡하지!' 걱정이 되는 바람에 불쌍해 보이기를 택했다. 그럼 측은해서라도 돌려주지 않을까 싶었으니까. 'Please give my phone back. It's the most precious thing I have. 제발 내 핸드폰을 돌려줘. 나에게 가장 소중한 물건이란 말이야.' 이렇게 구걸하는 문자를 세 번씩이나 보냈는데. 첫 번째 내용으로 보냈어야 했다.

완벽한 포기 상태였던 다음날 아침에는 경찰에 분실신고 전화도 했다. 핸드폰을 되찾을 가능성이 없다는 건 알고 있었지만 '이 핸드폰은 누가 훔쳐 간 핸드폰이랍니다'라고 아득바득 등록이라도 해놓고 싶었다. 당연히 경찰조차도 잃어버린 핸드폰을 되찾을 가능성은 낮다고 했다. 핸드폰 위치를 추적하는 것도 훔쳐 간 사람이 범죄 목적으로 사용했을 때만 된다고 했으니까(사실 이때 나는 도둑놈이 마약 밀매를 하는데 내 핸드폰을 썼으면 좋겠다고 잠깐 생각했다. 정말로 아주 잠깐).

수집해야 하는 기본적인 정보들을 꼼꼼하게 묻던 경찰관은 '이제 다 마무리되었습니다'라고 정보 수집 종결한 뒤 마지막 질문을 던졌다.

'소중한 물건을 잃어버리셨는데, 혹시 카운슬링이 필요하신가요?'

나는 곧장 괜찮다고 대답을 했지만 예상하지 못한 질문

에 살짝 당황했었다. 그깟 핸드폰 하나 잃어버린 걸로 유난이라고 생각할 수도 있는데, 이 나라 경찰은 카운슬링을 제안해주는구나. 나의 거절에도 상담이 필요하면 언제든 물어보라는 말을 덧붙였다.

핸드폰이랑 사진들이 뭐 대수라고. 별거 아닌 것처럼 여김으로 마음을 다잡으려 노력하고 있었는데. '카운슬링이 필요하신가요?'라는 질문 하나로 추억을 잃어버린 슬픔을 인정받은 것만 같아 서글펐다.

여행

나는 과연 여행을 좋아하는 사람일까. 질문을 조금 바꿔서 다시 묻는다면, 나는 과연 여행을 즐길 수 있는 사람인걸까. 이제는 모르겠다. 캐리어 안에 구겨 넣은 물건들을 짊어지고 그것들을 다시 짊어지고 오는 것들이, 집으로 돌아가는 날만을 기다리게 할 때가 있는 것 같아서. '빨리 집에 가서 제자리에 넣어놓고 싶다' 구겨진 옷들을 다시 옷장 속에 넣어놓고, 화장품을 서랍장에 넣어놓고, 모든 물건들을 제자리로 돌려놓고 편히 눕고 싶어져서.

피곤한 다리를 뻗고 누운 숙소가 잠시 잠깐 스쳐 지나가는 곳이라는 사실이 나를 성급하게 만들 때도 있다. 어딜 가던 아쉬움이 남는 물건들이 집에 남아있겠지. 서랍장에 두고 온 낡은 카메라들이나 방구석에 있던 귀후비개 따위도 생각날 거야.

훨훨 떠나버리고 싶은데 남아 있는 것들이 걱정되고, 뒤를 돌아보게 된다. 광활한 자연 한가운데 뚝 떨어지는 게, 아마존에 가는 게 꿈이었는데. 이제는 부담스러워.

새 바지

스스로를 뿌듯하게 여겼던 일이 문득 억울해진 적이 있다. 내가 나 자신을 잔머리가 꽤나 좋은 놈이라고 뿌듯하게 여겼던 일이, 중학생이 된 나의 눈물을 쏟게 해버렸던 적이 말이다.

그때는 아마 초등학교 4학년이었던가 5학년이었다. 지금 생각해 보면 코딱지만 한 어린이였지만, 우리 집의 가난을 선명하게 이해했던 나이. 애써 모든 것이 만족스러운 척, 부모님을 보듬어 보겠노라 노력했던 나이이기도 했다.

그 시절의 나는 무릎이 헤져 희끗하게 색이 변한 검은색 바지를 입고 있었다. 보통 사람이라면 이미 새 바지를 사서 버리고도 남았을 모양새였다. 하지만 나는 무덤덤하게 신경 쓰지 않는 척 입고 다녀야 했다. 새로운 바지를 살 수 없다는 것과, 이 바지를 내일도 입어야 한다는 것을 알고 있었기 때문이었다.

바지의 무릎은 입으면 입을수록 색이 흐려졌다. 막 10대가 되었던 나는 친구들에게 보여지는 나의 모습을 무던히도 신경 쓰던 참이었기에 방법이 필요했다. 하은아 너는 왜 맨날 똑같은 바지만 입어? 순수하고도 모진 말을 듣지 않기 위해서 말이다. 신발에 구멍이 났다면 언제나 걸음을 재촉함으로, 걸음걸이를 살짝 바꿔 걸음으로 눈길을 피할 수 있었지만 바지는 그럴 수가 없어 다른 수단이 필요했다.

그런 내가 초조함 가운데서 생각해낸 번뜩이는 아이디어는 '물감으로 칠하면 되잖아!'였다. 돈을 쓰지 않고 새 바지를 얻을 수 있겠어. 함박웃음도 나왔다. 바지를 빨아서 물이 빠지게 된다 한들 다시 물감을 칠해서 입을 수 있을 테니까. 몇 년을 새 옷처럼 입을 수 있을 거야.

학교에 가기 전 날 밤, 반쯤 열린 방문 뒤에 숨어 검은색 포스터물감을 꺼내 들었다. 엄마가 하은아 뭐해? 나를 부르며 얼굴을 들이밀기라도 할까 봐 긴장되는 순간이었다. 나는 털이 빠져 삐죽삐죽 머리가 솟아있는 붓 하나를 들고서 바지 무릎에 적당히 마른 물감을 입혔다. 듬성듬성 붓질이 몇 번 오간 바지는 다시 시꺼먼 자태를 뽐냈다.

물감 바른 바지를 입고 학교에 가니 친구들이 새 바지를 샀냐고 물어봤다. 나는 흐뭇하게 어깨를 으쓱해 보였다. 그 일이 슬픔으로 바뀌게 될 거라고는 생각하지 못했다.

중학생이 되어서는 그 흔한 메이커 패딩도 없는 청소년이 되었다. 친구들은 노스페이스 패딩을 입고 다녔는데, 나는 어디 이름도 없는 패딩 하나가 전부였다. 그때는 나를 으쓱하게 할 만한 아이디어도 떠오르지 않았다. 스스로를 불쌍히 여기는 것 밖에는 할 수 있는 게 없었다.

기모 안감도 없는 얇은 후드 집업을 겨우내 입었다. 이름 없는 패딩을 입을 바에는 이름 없는 후드를 걸치고 말지. 나는 추위를 잘 안 타. 괜찮아. 거짓말로 덮으면 되니까. 짧은 교복 치마 사이로 들어오는 바람을 다 맞으면서도 패딩은 들쳐 보지 않았다.

그렇게 꽁꽁 언 몸으로 집에 들어와 몸을 녹이면 슬픔도 녹아내렸다. 뚝뚝 떨어지는 물은 나의 과거도 함께 비추었다. 초등학생 때 바지 무릎을 물감으로 칠하고 다녔던 나의 구질구질한 모습. 엄마 아빠는 내가 물감으로 옷을 칠하고 다녔다는 것도 모르겠지. 내가 추위를 안 타서 패딩을 안 입었다는 게 사실이 아니라는 것도.

사이드 디쉬

영화나 드라마를 볼 때, 어쩐 일인지 주인공보다는 사이드 역할에 감정을 대입하게 되었다. 시궁창 인생이었지만 성공하는 이야기! 더럽게 안 유명했는데 기적적으로 잘 풀리는 이야기! 천재이자 슈퍼히어로! 주인공보다는 그냥 주변 인물 말이다. 그렇게 잘 되는 주인공을 바라보는 뭣도 없는 역할.

어렸을 때는 내가 당연히 주인공이라고 생각했다. 강단 위에 올라서서 '내가 아이언맨입니다'라고 말할 날만을 기다리고 있는 줄 알았으니까. 타고난 능력으로 '너 자신을 믿어봐' 단 한마디를 듣기만 하면 모든 것이 술술 풀리는 이들. '네가 세상을 바꿀 수 있을 거야' 그의 비범한 능력을 우러러보는 사람들이 있는 이들처럼 말이다.

그들은 그저 재능을 깨우쳐 줄 누군가, 혹은 어떠한 사건

만이 필요했고, 주인공이 가진 잠재력은 어떤 고난이 그에게 있었든 간에 그를 빛으로 끌어올렸다. 그래서 나는 내 인생이 뒤바뀔 일이 일어나기만을 기다리고 있던 참이기도 했다. 트리니티가 내게 사랑에 빠지면, 나는 네오가 될 거야. 나는 해리 포터였고, 피터 페벤시였고, 네오였으니까. 다소 답답하고 멍청해 보이는 주변 인물들을 보면 '쟤는 대체 왜 저래' 쯧쯧 혀를 차는 게 전부였다. 나는 곧 빛이 될 거 거든.

그런데 시간이 지날수록 위기에서도 살아 돌아오는 주인공보다는 주변을 어슬렁거리는 캐릭터에 눈이 가기 시작했다. 영화 '프랭크' 속 괴짜 같은 천재 프랭크를 동경하고 그와 같이 되고 싶어했던, 평범하기 짝이 없던 존과 같은 존재들에게 말이다. 망할. 저건 나잖아…. 종내 심각하게 감정이입을 하게 되었을 정도로.

'난 사이드 디쉬야'라는 메모를 남겼던 게 벌써 5년도 더 전에 일어난 일이니, 지금은 부정과 분노의 시기를 지나서 인정하는 단계에 다다랐다고 해도 되겠다. 나는 대충 달리기만 해도 모든 총알 탄이 비껴가는 제임스 본드인 줄 알았는데, 집 구석에 숨어 있어도 총알을 맞는 존재였음을 알게 됐으니까. 이것저것 잘 할 수 있다고 생각했는데, 이것저것 할 줄 아는 게 골고루 없는 거였고. 유명 갤러리에서 그림을 전시하게 될 줄 알았는데, 만들다 만 조각품 하나를 방 한편에 놓아두는 게 전부였기에. 나의 나 됨을 인정하는데 이렇게나 오랜 시간이 걸렸다. 무언가 대단한 사람이 되지 못한 나 자신을 책망하느라 작은 행복 따위는 허접스러운 일이라 생각해서. 그런 내가 싫어서.

물론 지금은 내가 지나가는 시민 역할 1, 지구를 지키기 위해서 맞서 싸우는 주인공 100m 쯤 뒤에서 신문 읽는 사람 역할 3 정도 된다는 걸 안다. 그 인정함이 오히려 나를 편하게 했다고 해야 하나. 이 세상에서 누구 하나 나의 존재를 기똥차게 생각하지 않는다는 게. 그렇게 적당히 행복한 사람이 되고자 하는 일이.

'하은아 하나님은 대단한 결과물을 요구하지 않으셔. 하은이가 하루하루를 기쁨으로 감사로 누리며 살아가는 게 하나님이 원하시는 삶이란다' 큰일을 이루어야 한다는 압박감에 시달릴 때 엄마가 내게 했던 말이었다. 내가 잔다르크처럼 되지 못해도 괜찮다고, 엄마 아빠를 책임지겠다는 생각에서 벗어나라고 하면서. 무조건 잘 되어야 한다는 부담감을 버리고, 그저 하루를 살아가는 것에 대한 감사로 내 삶의 모든 이유를 채울 수 있다는 것이었다. 정말로 그래? 그래도 되는 거야?

나는 그렇게 일을 하고, 잠시 쉬면서 영화를 보고, 좋아하는 노래에 맞춰 머리를 흔들어 보기도 하고, 가끔씩 멀리 떠나는 여행을 꿈꿔 보기도 하면서 살아가는 삶을 받아들이게 되었다. 그리고 그것들이 나를 충족시키는 행복이 될 수 있다는 것도.

내가 좋아하는 그림 하나를 그리고 만족스러운 미소와 함께 방 한편에 걸어두는 걸로 행복한 사람. 비가 오는 날이면 녹차 한 잔을 끓여 마시는 것으로 나른함을 즐길 수 있는 삶. 그렇게 내 행복의 기준을 다시 만들어 감으로.

여전히 쉽지는 않지만, 여전히 뜻하지 않은 허망함이 몰려올 때가 있지만, 더 세밀한 곳에서 큰 행복을 찾을 수 있다는 걸 깨달아 간다.

움푹

I'm always left to wanting more 난 언제나 더 갈망해
'Cause you always move away 네가 항상 멀어져 가니까
What you afraid of? 너는 뭐가 두려운 거야?
_ HONNE – Overdose

단기 기억이 반복적으로 되뇌어지면 장기 기억으로 저장된다고 한다. 다음 단계로 진행되지 않거나 되뇌어지지 않은 기억은 망각된다. 그러니 나쁜 기억을 유지한 채 잠이 들면 그 기억을 잊기 어려워진다. 우리는 매일 되새겼던 추억들은 쉽게 지워지지 않았다는 것을 알고 있다. 또한 그런 기억들은 감정과 뒤섞여 장기적으로 저장되기 때문에 내가 마음대로 지운다거나 못 본 체할 수 없다는 것도.

복잡한 마음을 잠재우기 위해 청소를 하던 어느 새벽, 나

는 소파 밑에 숨어있던 오래된 물병 하나를 꺼내 들었다. 습기가 가득 찬, 찌그러진 물병은 먼 기억 속 삶의 단면을 보여주고 있는 것 같이 보였다. 나는 거부할 수도 없이 떠오르는 모든 기억들을 그대로 경험해야만 했다. 내가 떠올리려 해서 떠올랐던 것인지, 신경 물질의 탓인지는 알 수 없지만. 한 번 건드려진 기억의 타래는 물병과 함께 울컥 쏟아져 나왔다. 그때의 너와 나는 얼마나 아팠길래 아직도 기억하고 있는 것일까. 그날의 작고 소소했던 일들이 너무 좋아 매일 밤을 되새겼던 걸까. 지나간 일들이 내 앞에 보여도 감정을 유기해버릴 수만 있다면 견뎌낼 수 있을 텐데.

결국 우리는 서로를 향해 뱉었던 모진 말들보다 함께 있을 때 웃었던 날들만을 머릿속에 남겨 놓았다. 푸르게 변해버린 시간을 반복함으로 우울한 기쁨을 만끽하려고, 혹은 좋았던 기억만 회상하고 싶어 하는 퇴행 심리 때문이었는지도 모르겠다.

순간 몰려오는 안개처럼 나를 가려오는 감정에 숨어있었는데, 결국은 함께 온 바람과 벌거벗은 듯 기억 앞에 서게 되었다. 그럼에도 나는 상한 우유를 삼킬 준비가 된 사람처럼 그날의 기억에 더 가까이 다가간다.

우리 바다에 가고 있는 거잖아

바다로 가는 날 알게 될 거야
몸이 가려워 긁지 않아도 되고
새 이빨이 돋아나는 일도 없을 테니까
기억해내려 애쓰지 않아도 돼
바짓단으로 스며든 흙탕물을 털어내다
해가 지고 비가 오는 일도 없을 거야
너는 앞으로 걸어 나가
나는 내 손에 생긴 작은 생채기들을 바라보고 있을게
그리고 눈을 들어 앞을 봤을 땐
난 햇살에 가려진 너를 보지 못할 거야
넌 그림자에 가려진 나를 보지 못하겠지
그렇게 바다로 가는 거야
따로 간다고 슬퍼하지는 마

우리 바다에 가고 있는 거잖아

다큐멘터리

짧던 길던 매일 한 개 이상의 다큐멘터리를 봤다. 고난을 겪기도 하고, 도움이 필요해지기도 하고. 또 어느 날은 신비한 미생물이 되기도 했다. 나는 그런 식으로 다양한 사람들의 혹은 동물들의 세상살이를 고개 넘어 보곤 했다.

'환자가 숨을 쉬나요?' 생명을 살리는 의사, 살고 싶은 환자 그리고 가난이 내가 주로 보는 이야기였다. 어릴 적, 외할머니께서 내게 꿈이 무엇이냐고 물으셨을 때 '의사가 돼서 아프리카 사람들을 도와줄 거예요'라고 답했던 내가 생각나서 그랬다. 저는 사람들을 도와주는 멋진 사람이 될 거거든요.

병설 유치원을 다닐 때부터 초등학교 3학년 때까지 도움반 도우미를 했다. 유치원에서는 따로 도우미가 있는 건 아니었지만, 내가 보호자라도 되는 것 마냥 굴었다. 소외되는 사람을 보면 참을 수가 없었다. 함께 가야 한다는 의무감이 내 안에 자리잡고 있다 여겼다. 저는 정말로 아프리카에 가야 하니까요.

그런데 이제 어린 시절의 믿음은 온데간데없이 사라졌다. 난 더 이상 순진하지도 않고, 사는 게 힘들어서 다른 사람은 안중에도 없으니까. 지금 할 수 있는 거라곤 다큐멘터리를 보며 흐르는 눈물을 훔치는 정도가 전부였다. 나도 힘들어요. 이해 좀 해주세요. 사람 차별 안 하고 정직하게 사는 거면 충분하잖아요.

굳이 고된 일을 해야할 필요는 없다는 생각, 감정 상할 일을 사서 만들고 싶지도 않다는 피곤함. 나를 쿡 찌르면 나오는 변명들이 생겨났다. 성인이 되고부터는 나 하나라도 어떻게 잘 살아보는 게 가장 큰 목표였기 때문이었다. 아프지 않기 위해 애를 쓰는 삶. 그게 딱 나의 모습이었겠지.

BBC, EBS, Real stories 등 온갖 프로그램의 다큐멘터리를 봤다. 더 이상 새로울 게 없다고 생각해서 봤던 것을 보고 또 보기도 했다. 화면 속 움직이는 사람들의 슬픔을 헤아려 보고는, 나는 아직 적당히 괜찮은 사람이로구나 안위하기도 하면서. 노트북 스피커에서는 매일같이 가지각색의 언어들이 쏟아졌고, 다큐멘터리 속 만들어내지 않은 대화들은 여기저기로 튀었다. 그리고 그들의 진솔한 고백은 나의 관점으로 걸러서 받아들여졌다.

그런데 유독 가쯔라 야노씨의 말은 쉽게 걸러지지도, 잊히지도 않는다. 오래전 봤던 다큐멘터리 중 하나로, 그렇게 사라질 법도 한데. 나를 괴롭히듯이 끊임없이 거슬린다.

그는 11살 대학생, 천재 소년이라고 불리던 숀 야노의 아버지다. 사실 천재 가족이라고 불리는 한 가정의 이야기는 나와 전혀 관계 없는 이야기 같아서, 한번 우러러보고는 마는 것으로 끝날 이야기라 생각했었다. 침대에 누워 오늘은 뭐해 먹고살지를 고민한다거나, 영어 사전을 몇 번씩이나 들락날락 거리며 책을 읽는 나와는 거리가 아주 멀어 보였으니까. 그럼에도 그들의 이야기는 어떻게든 나의 삶의 방식에 영향력을 행사했다. 내가 그들에게서 볼 수 있었던 건 천재의 특출난 사생활이 아니라, 그들이 어떻게 세상을 바라보는지 였기때문이었다.

'우리는 이 사회에 사는 사람으로서 세상을 더 좋게 만들 의무가 있다고 생각합니다. 특별한 능력을 갖고 있는 사람, 좋은 능력으로 축복받은 사람이라면 더욱요. 그래서 쇼는 자신의 능력으로 이 사회를 위해 무엇을 할 수 있는지 적극적으로 생각해 보게 되었습니다.'

우리 모두가 세상을 위한 의무를 가지고 있다고 말하는

순수한 믿음과 책임감. 그가 세상을 바라보는 관점이었다. 내가 이 세상에 속해 있기 때문에, 우리가 가진 것으로 그 세상을 밝게 만들어야 한다는 것. 내가 어린 시절 꿈꿔 보던 것을 그는 아버지가 되어서도 품고 있었다.

묵직한 책임감을 떠안았다는 부담스러움 보다, 내가 이 아이를 어떻게 천재로 만들어 냈는지 우쭐해하는 것보다, 변화될 것이라 믿는 희망을 이야기하던 그. 한 사람의 순수한 믿음은 나를 찔러 올 수밖에 없었다. 내가 점점 이기적인 사람으로 변해왔구나 싶던 것도 그의 이야기를 듣고서야 깨달았으니 말이다.

나는 물론 아이큐 198의 천재 소년도 아니고, 세상을 뒤집을 만한 특별한 능력 같은 것도 없지만. 내가 가진 무언가로, 정말 작고 사소해서 남들은 눈치채지 못하는 것이더라도, 나 아닌 다른 누군가를 위한다면 그것만큼 아름다운 일도 없을 거라고 말해주는 것만 같아 마음이 간질거렸다.

그의 말이 불편한 듯 설레는 듯 나를 떠나가지를 않기에, 난 이 사회에 무엇을 기여할 수 있을까 고민해 보게 되었을 만큼.

넘어진 자의 손을 잡아주는 것이라도, 한 사람이라도 더 사랑하는 것으로라도, 작은 것이라도 누군가를 위한 일을 해보기로 다짐해 봤다.

새로운 만남 어쩌고저쩌고

고등학교를 자퇴했던 탓에 인간관계엔 3년이라는 공백이 생겼다. 내 친구들은 새로운 친구들을 만나고, 무리지어진 그룹 가운데로 들어갔는데. 나는 혼자 덩그러니 남아있었다.

원래도 처음 보는 사람들과는 집으로 돌아갈 때쯤에나 친해지거나, 말 한번 제대로 못하고 우물쭈물 앉아 있다가 돌아오는 편이었다. 그런데 이제는 어떻게 사람을 만나야 하는 건지, 처음 만나는 사람과는 어떤 인사를 나누어야 하는 건지도 모르게 되었다. 우리가 영어 회화 책을 보고 '첫 만남'이라는 대화 매뉴얼을 배우는 것처럼, 한국어 회화 책이라도 보고 어떻게 대화를 하는지 배워야 하나 싶었으니 말이다. 게다가 지나간 인간관계들을 정리해 내며, 말을 섞고 싶지 않은 사람들과 굳이 말을 할 필요는 없다는 거부 의사도 생겼기에. 까탈스러운 성인이 되고부터 사람을 만나기란 더욱 쉽지 않았다.

내 방 발코니 앞, 바람에 흔들리는 울창한 숲을 보며 만남의 부재를 세었다. 난 사람을 만날 준비가 안 된 것 같아. 집에만 콕 처박혀 있으면서 사람은 무슨. 그래도 새로운 만남이 있으면 좋긴 하겠는데. 바라는 마음과 그런 기회는 오지 않는다는 낙망도 이리저리 흔들렸다. 밖이라도 나가볼까.

언제부터인가는 게으름이라는 살 집도 생겼다. 집을 나가려 하면 무거운 엉덩이가 움직이지를 않아 방에만 있었다. 그러면서도 어떻게든 '자연스러운' 만남이 이루어지기를 원했다. 전시회에서 혹은 학교에서, 아니면 일터라는 같은 공간 안에서 얼굴을 보고 악수를 청하며 시작되는 그런 만남을 말이다. 사람이 내 방 천장을 뚫고 툭 떨어진다거나, 방을 가득 채운 식물들이 사람으로 변신하지 않는다면 그런 기회는 절대 오지 않는다는 것을 알고 있었음에도.

똑같은 일상, 매번 걸어 다니는 똑같은 거리를 다른 관점으로 바꿔주던 것은 바로 사람이었기 때문이었다. 나와 대화를 나누던 사람들. 인간과의 상호작용은 지루한 영화도 근사한 추억 중 하나로 만들어낼 수 있다는 것을 이미 알아버렸던 탓이었다. 그런 활기를 얻어낼 수만 있다면, 꽝이 걸린다고 해도 복권 수십 장을 긁어보고 싶었던 것이다.

모르는 사람들과 함께 여행 가는 꿈을 꿨을 만큼 사람에 목말라 가던 때, 갑작스럽게 단어 하나가 반짝하고 들어왔다. 구글에 사람 만나는 법 따위를 검색하고 있던 것도 아니었고, 멍하니 게임을 하고 있을 뿐이었는데. 엉뚱하게도 '한인회'가 떠올랐던 것이었다. 같은 국적을 가진 사람. 그리고 어떤 이유이든 다양한 이유를 들고 타지에 오게 된 사람들. 이미 같은 언어라는 결속력을 가진 거나 다름없다는 생각이 들었다. 그러니 서로를 경계하지 않고 반갑게 맞이할 수 있을 것도 같았고.

새사람을 찾는데 급급했던 나는 여태껏 가지고 있던 고정 관념까지도 냅다 버린 것이었다. 인터넷에서 친구를 만나는 건 어딘지 음습한 방법이라고 여기던 나는 온데간데없고 콧노래를 흥얼거려 보기도 했으니 말이다.

'친구 하실 분'

영국…한인…커뮤니티…. 세 단어를 띄엄띄엄 적어 검색하니 단번에 한인 웹사이트를 찾을 수 있었다. 그곳에는 '자기소개'라는 활발한 게시판도 하나 있었다. 같이 공원 가실 분, 저랑 친구 하실래요, 영국으로 이사를 왔어요. 사람 찾는 글들을 정신없이 살펴보다 보니, 금세 당첨자 발표를 기다리는 이와 같은 마음을 가졌다.

'안녕하세요, 저는 런던에 머무르고 있고 문화, 예술, 공원, 식물, 먹는 거, 음악 다 좋아하는 20대 입니다. 이곳에 오래 머무르시는 분 편하게 쪽지 주세요 :)'

가증스러운 스마일. 기가 막힌다. 이건 자연스러운 만남이 아니잖아! 여전히 나의 자아와 싸움을 하고 있었지만, 더 이상 쪽팔려 한다거나 고민해 볼 의지도 없이 업로드 버튼을 눌렀다. 우웩. 나를 역겹게 여기면서도.

'안녕하세요 저는 건축 학교를 다니는…'

'반가워요 나는 40대지만 젠틀한 남자 입니다… 여성분이라는 이유로 연락을 한 건 아니고…'

'저도 문화 예술을 좋아하는데 같이 전시 보러 가실래요…'

'프랑스 파리에서 요리 공부를 하고, 런던에서 셰프로 일하고 있는 사람입니다…'

'순수 미술을 전공하고 있어요….'

'런던에서 음악과 패션 관련 일을 하고 있습니다….'

그런데 웬걸. 30개가 넘는 쪽지를 받았다. 다들 나처럼 외로웠던 걸까. 내가 소심한 사람들을 대표해서 '부끄러워하지 말고 쪽지를 보내세요'라는 선언문을 선포한 것만 같았다. 글을 업로드하는 것보다는 쪽지를 보내는 게 더 은둔한 방법이긴 하니까. 그러고 보면 나는 새삼 용감했다.

하나하나 읽어 본 쪽지는 다양한 사람들의 다양한 성격으로 가득 차 있었다. 나의 활동 영역에서 찾아본다면 어디에서 만날 수나 있을까 싶은, 여러 종류의 사람들.

'다음 쪽지 보기'를 연타로 클릭했다. 이렇게 많은 사람들이 새로운 관계를 애타게 찾고 있었구나. 게다가 내가 예상했던 인터넷 만남의 이상한 노림수라던가 얼굴을 찡그릴 만한 내용도 없었다. 40대 젠틀한 남성분의 쪽지는 나를 웃게 했을 뿐이고, 35세의 남성분이 보낸 '답장 ㄱㄱ 해주셈'이라는 쪽지도 그저 귀엽다는 생각이 들었으니. 그만큼 나는 새로운 세계에 발을 딛고 문을 연 것처럼 감격한 상태였다. 이렇게도 사람을 만날 수가 있네. 어쩌면 나같이 외로운 사람들이 나와 똑같은 시기에 용기를 내서 보낸 말인 것만 같아.

안녕하세요 저는 어쩌고저쩌고 인터넷에서 사람을 구한 건 처음이라 어색해서 어쩌고. 두서없는 말을 적고 복사해서 몇 명의 사람에게 보냈다. 아직 여러 관계에 단련되지 못하고 연약한 관계 근육을 가진 내가, 30명의 사람들을 마주할 힘은 없었기 때문이었다.

반가워요. 저도 이렇게 사람을 만나는 건 처음이에요. 의자에 앉아 떡 진 머리를 긁적이며, 어색한 공기의 흐름이나 행색을 신경 쓰지 않고 대화를 이어갔다. 처음 보는 사이에 밥을 먹다가 이빨에 상추가 끼는 일이라던가, 푸흡 하는 웃음에 콧물이 튀어나올 일도 없었기에. 첫인상에 대한 걱정 하나 없이 서로의 관심사와 내가 어떤 특성을 가지고 있는지 털어놓을 수 있었다. 제가 사실 사회 공포증(Social anxiety)가 있어요. 마치 마취 크림을 듬뿍 바른 다음에 맞이하는 따가운 바늘들 같았달까.

처음 보는 사람들 사이의 예의 그런 것일 수도 있지만, 그들은 친절했고 나에게 관심을 가지고 있었다. 모든 것을 궁금한 시선으로 바라봤고, 나도 그랬으니까. 맞지 않는 사람이라면 나를 구겨 넣어 맞출 준비도 하고 있었는데. 우리는 서로의 발걸음을 확인하고 맞춰 걷고 있었다. 이게 바로 어른들의 관계 뭐 이런 것인지.

지금은 활발하게 약속을 잡는 내가 어색하기도 하고, 다시 활기를 되찾은 것 같아서 뒤숭숭하기도 하다. 잠에 들기 위해 눈을 감으면, 아 괜히 만나자고 했나. 하루에 메시지를 주고받는 사람이 고작 몇 사람 더 늘었다고 피로감을 느꼈으니 말이다. 그렇지만 이게 나의 본 모습이었던 것 같기도 해. 다시 파란 머리였던 그 날로 돌아갈 수 있을 것만 같다는 기대도 들었다. 끊이지 않는 대화가 행복했던 그때. 걱정거리도 별로 없이 주어진 모든 일이 행복했던 그때로.

과거의 행복을 기준점으로 잡는다는 게 이상하긴 하지만, 그렇게 되었으면 좋겠다. 나의 하루는 매일 변화하기 시작했으니까.

그랬을까

가족과 떨어져 살기를 택하고 나서부터, 문득 아빠를 떠올려보는 일이 잦아졌다. 나의 어린 시절을 망쳤다는 원망과, 얼마나 고단했길래 그랬을까 하는 측은한 마음들이 다시금 나를 괴롭혔기 때문이었다.

눈을 감고 그 시절의 눅눅한 방을 기억해 보며 짐작 같은 것을 해보기도 했다. 엄마의 피아노들을 모두 경매에 넘겨야 했을 때. 살림살이라고 하나둘씩 늘려 놓았던 오래된 가구들도 모두 팔아넘겨야 했을 때. 쫓겨나듯이 시골로 떠나야 했을 때. 그리고 다시 돌아온 곳이 사람 3명만으로 한 방에 가득 차는 반지하 집이었을 때. 당신은 청년 시절 꿈꾸었던, 어쩌면 당연시 여겨졌던 잘난 놈의 성공이 사라졌음을 알고 울었을까. 그 허탈감이 없었더라면, 온화한 사람이 되었을까.

그를 이해해 보겠다는 시도조차 하지 말자고, 그는 나의 젊음을 주눅 들게 한 폭군이었을 뿐이라고 마음을 다잡아봤지만. 부러진 핸드폰 거치대를 부여잡은 손은 조각을 맞추느라 바빴고, 시야는 희뿌옇게 변했다. 아빠가 영국 가서 쓰라고 준 건데. 부러졌네.

미스 장 라일락

1947년, 미국에서 건너온 식물 학자는 북한산에서 한국 토종 털개회나무(수수꽃다리)를 채집해 미국으로 가져갔다. 그리고 그 식물의 유전자를 개량한 뒤 '미스 킴 라일락'이라는 이름으로 상품화시켰는데, 이 식물은 미국 라일락 시장의 30%를 차지할 정도로 인기 품종이 되었다.

나는 미국인에 의해 옮겨졌던 털개회나무와는 다르게 제 발로 영국을 향해 걸어 들어왔다. 그래서였을까, 영국인들이 발음할 수조차 없는 한국 이름 '하은'을 고집스럽게 쓰며 해윤, 해이은, 하운 등 그들이 붙여준 수 많은 이름들을 달게 되었다.

그리고 화분에 담겨 뿌리를 내리는 열대 식물 같은 존재로 구분 지어졌다. 비료를 품으며 풍성히 자라나지만 원체

이곳에서 자랄 수 없는 개체이기에, 창문 틈새로 들어오는 얇은 겨울바람에도 금세 시들어버리게 되는 그런 식물들처럼. 이 땅에 뿌리를 내릴 수 없는 사람으로.

처음 런던에 도착해서 느꼈던 건 외딴곳에 홀로 남겨졌다는 적막감이 아니라 꿈꾸던 도시에 살게 되었다는 만족감이었다. 런던을 배경으로 펼쳐지는 암울한 드라마 '런던 스파이' 속 대니가 아름다워 보였던 것처럼, 이 도시에 속하게 된 나도 어쩌면 아름다워 보일 수 있겠다는 환상까지도 품었으니까. 템스강 옆에 있었지만 높이 솟은 앞 집에 가려 흘러가는 강은 보이지도 않던 스튜디오에 살면서, 지극히 영국적인 레디밀 따위를 전자레인지에 돌려먹는 삶이 좋기만 했다. 스튜디오에 놓여있던 싸구려 침대도 영국 예술가 트레이시 에민(Tracey Emin)이 사용했던 침대를 작품으로 전시한 '마이 베드(My bed)'의 너절한 모습과 닮아 보인다고 생각해 흡족스러웠을 만큼.

그래서 시커먼 먼지 구덩이를 달리는 튜브를 타는 것도, 에어컨이 없는 집에서 뛰어나가 공원 바닥에 드러누운 채 밤을 보내는 것도, 슈퍼에서 계산을 할 때 'Hi there'를 건네는 인사도. 모든 것이 찬란하게만 느껴졌다.

그런데 이곳에서 살아온 시간이 늘어갈수록, 스팅(Sting)이 노래하는 〈Englishman in New York〉처럼 'Oh, I'm an alien, I'm a legal alien – 난 이방인이야, 합법적 이방인' 나는 이 도시의 이방인이 된다.

'너는 어디에서 왔어?' 인사말처럼 묻는 질문들은 찬란함을 만끽하고 있는 나를 여기 사람이 아니라고 확인시켜주는 것만 같고, 내게 남아있는 마더텅과 동양인이라는 겉 껍질도 내가 'Stranger'라고 말해주기에. 맞지 않는 옷에 몸을 욱여넣는 사람의 행색을 가지게 되었다.

이 나라의 것들을 몸에 꿰어 붙이고는 '오, 나는 미스 장라일락이 되었어요' 말하고 싶었는데. 나는 런던이라는 도시에 속해있지만 그 사회에 속해있지 않은, 이곳에 살고 있지만 이곳 사람이 아닌, 애매모호한 존재일 뿐이라는. 그런 생각이 자꾸만 가득해진다.

나를 이루고 있는 것

자식은 부모를 닮는다고 했다. 내가 평생을 두려워하던 것도 결국엔 나도 아빠를 닮게 될 것이라는 생각이었다. 싫다고 도망쳐도 내 성격의 한 부분은 아빠를 가져다 붙여 놓은 것 마냥 조각되어 있을 테니까. '하은아 너는 아빠와 달라' 엄마는 나를 안심시키려 했지만 믿지는 않았다.

친할머니가 엄마한테 그랬다며. 아빠는 지 아버지랑 똑같이 자랐다고. 아빠도 분명 할아버지를 증오했을 텐데. 당신이 그와 똑같이 되었다는 걸 모르는 것처럼, 나도 결국엔 아빠처럼 될 거야. 내가 자라면 아빠와 똑 닮은 사람이 되어버릴 거라고.

순간적으로 짜증이 치솟을 때마다 나 스스로에게 깜짝 놀라곤 했다. 내게서 아빠를 보는 것만 같아서. 별것도 아닌 일에 인상을 팍 쓰는 내가 싫었다.

하은아 아빠는 정상적인 사랑을 받아볼 수 없는 가정에서 자라서 그런 거야. 너와 아빠의 다른 점은 사랑이란다. 네가 외할머니 집에서 얼마나 큰 사랑을 받으며 자랐는데. 그렇게 받은 사랑이 네 안에 있다는 걸 기억해야 해.

오래된 비디오테이프를 보면 들리던 오래된 목소리들, '아이고 예뻐라' '우리 하은이 밥도 잘 먹네' '하은아 이모가 너를 이만큼이나 사랑한단다' 케케묵은 테이프에 저장된 낡은 이야기라고만 생각했는데, 내 안에 있는 것이라 했다. 너무나도 희미해져서 남의 이야기인 것처럼 들춰보던 것들이.

내가 기억해 낼 수도 없을 만큼 어렸던 날, 나는 팔팔 끓는 물이 담긴 주전자를 만지려 손을 뻗었다고 했다. 그런 나를 본 할머니는 손 대지 말라고 호통을 치시기는커녕 '하은아 이거는 만지면 이렇게 뜨거운 거야' 미지근한 주전자를 가져와 만져보게 해 주셨다고 했고. 거실에 줄지어 놓여있는 화분들 중 굳이 선인장을 만져보겠다고 손을 내밀었을 때도, 화를 내지 않으시고 내 검지 하나를 잡으셨다고 했다. 선인장의 가시를 살짝 스쳐볼 수 있도록.

나는 그렇게 다정한 사랑을 받고 자랐다고 했다. 코딱지만한 아이가 뭘 알아들을 수 있겠냐며 성난 소리를 듣는 것도 없이. 안 되는 것들의 이유는 언제나 따뜻한 언어로 배우면서.

이제 그런 말을 들을 수 있는 외할머니 집은 사라졌지만, 그때의 사랑이 지금까지도 내 안에 남아 있으리라 믿어보기로 했다. 그 사랑이 나의 한 부분을 이루고 있어서 난 괜찮을 것이라고. 아빠를 닮지 않을 거라고.

나는 나의 기억

기억을 불러오는 방법.

기억을 하는 동안 뇌는 특정 사건에 대한 반응으로 원래 생성되었던 신경 활동의 패턴을 '재현(Replay)' 한다. 그러나 재현된 패턴이 원본과 완벽히 동일하지는 않은데, 그렇지 않으면 실제 경험과 기억의 차이를 알 수 없어 혼돈이 생기기 때문이다.

'우리 바닷가에 갔을 때 생각나?' 물을 때, 뇌는 그날을 재현해낸다. 내가 고통스러운 기억을 떠올릴 때 다시 아파지던 것도, 그날을 반복했기 때문이었겠지. 온전히 경험했다고 설명할 수는 없겠지만.

Sci-Fi 영화에서나 나올법한 비현실적인 공간들이 스멀 스멀 떠오른다. 'You are THE ONE' 네오, 넌 선택받은 자야. 마치 구원자가 되어 오직 나만이 할 수 있는 기묘한 일을 하게 된 것만 같아서.

선명한 듯 곧장 흐릿해지는 추억들을 떠올리는 일은, 매트릭스의 네오가 되어 프로그램 속으로 점프하는 것처럼 느껴진다.

나는 그렇게 기억에 홀려 버리기라도 한 듯, 제법 오랫동안 기억이라는 주제로 작품을 만들었다. 어떤 것은 기억나고 어떤 것은 기억이 나지 않는다는 모호함. 그리고 매 순간 사라지는 기억들의 불영속성에 마음이 끌렸기 때문이었다. 나의 개인적인 경험들을 꺼내어 놓고 싶었다기보다는, 무명의 누군가도 나처럼 기억을 신비하게 여기지 않을까 싶어서. 기억에 얽매어 있지 않을까 싶어서. 그냥 이상하도록 신기하잖아?

'사라지는 기억에 대한 작업이라고 했지?'
'예를 들어 어떤 기억들을 의미하는 거야?'

'예시로 들 건 없고, 그냥 사라지는 기억에 대한 거야.'
'곧 사라져버릴, 연약한 기억에 얽매여 있는 우리들을 표현하고 싶었거든.'

내 작품에 대한 질문을 받을 때면, 언제나 개인적인(Personal)것이 아니라 일반적인(General) 기억을 표현한 것이라고 둘러대며 동문서답을 했다. 이건 내 이야기가 아니라 그냥 기억(Memory)에 대한 거야. 너희들의 기억들도 조금씩 사라지고 있잖아. 나의 개인사가 아니라고.

모르는 사람들 앞에서 나의 기억을 꺼내어 놓고 싶은 생각은 추호도 없었기 때문이었다. 나조차도 찾아내고 싶지 않은 것들이었으니까. '내가 흥미로운 글 하나를 읽었는데, 기억을 할 때 우리의 뇌는 말이야…' 그래서 도망갈 구멍을 찾아내 비집고 나갔다.

언제까지나 조사한 자료들을 나열해가며, 악 소리 없이 내 기억의 파편을 걸어갈 수는 없다는 것. 알고는 있었다. 그럼에도 이리 오랫동안 피해왔던 것은 마주 볼 용기가 나지 않아서였다. 아무리 힘든 일도 지나고 보면 하하 웃으며 말하게 된다고들 하던데, 나는 그럴 수가 없을 것 같아서. 어린 시절 내가 보던 아빠를 떠올리면, 내가 겪었던 외로움을 떠올리면 다시 그때로 돌아가 버릴 테니까. 발로 툭 쳐서 침대 밑으로 숨겨 놨던 물건들을 꺼낼 때, 이리저리 뭉쳐있던 물건들이 주르륵 딸려 나오는 것처럼 말이다.

그럼에도 내가 과거를 써 내려가게 된 이유는, 기억 앞에 고꾸라지듯이 승복하게 되었기 때문이었다. 온갖 수단과 방법을 다 써 봤는데 피할 수가 없어서. 인정할 수밖에 없는 거구나 싶었기 때문에.

그래서 하나씩, 기억나는 대로, 더 희미해져서 성격이라는 자국으로만 남아버리기 전에 일부러 넘어졌다. 몇 년 전까지만 해도 매일 곱씹어야 했을 만큼 나를 짓누르던 기억들 앞에.

내 몸에는 과거와 똑같은 모양의 생채기들이 생겼다. 다시금 생생해진 기억들은 나 아팠었지가 아니라 아프다가 된다. '뭐야, 까먹은 게 아니었잖아?' 별 수 없는 깨달음까지도 얻으면서.

밀접하게 쌓여진 나의 기억들은 오늘도 내일도, 내 모든 삶의 영역 안에서 어지럽게 붙어있을 것이다. 그것들이 내가 바라보는 세상과 내가 인식하는 모든 것들을 감싸 안고 있을 것이고.

내 것이 아니라고, 다 있었다고 말하고 싶었지만. 나는 나의 기억이기 때문에.

저녁놀

서투른 감정들이 빈 공간을

어려웠습니다. 어쨌거나 제 이야기를 하고 싶어서 자판을 두드렸던 것인데, 이렇게 어려울 것이라고는 생각하지 못했습니다. 가상 인물의 일대기를 그리는 소설을 쓰는 것도 아니고, 제가 겪었던 일들을 담백하게 나열하기만 하면 되는 거였는데 말이죠.

기억이 무척이나 흐릿해져 버렸던 바람에 떠올리려 애를 쓰느라 고생을 한 건 아니었습니다. 그보다는 선명하게 요동치는 감정에 휘둘려서 갈피를 잡지 못했던 것이었습니다. 처음에는 저를 완전히 드러내기가 부끄러워 솔직한 마음들을 숨기느라 길을 잃었고, 어느 순간은 감정만이 저만치 앞서 나와 글의 형태가 사라졌었습니다. 또 어느 순간은 조금 멋져 보이고 싶었던 마음에 문장만이 나동그라지기도 했죠.

그렇게 어디로 삐죽 튀어나갈지 모르는 날선 글들을 써 놓고선 다 됐다고 생각했습니다. 어쩌면 단순히 '내 감정을 모두 털어냈다'라는 해방감을 만끽하고 있었는지도 모르겠습니다.

그런 저의 미숙한 원고를 보고 '이건 대체 무슨 뜻으로 쓴 거죠?' 태클을 걸어주셨던 분은 바로 최연 편집장님이었습니다. '이 글은 재활용 불가이니 버리세요'라고 단칼에 내려치지 않고 '제가 준 시를 열 번이고 백 번이고 읽어보세요'라고 말씀해 주셨으니까요. 그래서 저는 갑작스레 손아귀에 쥐어진 시집들을 읽고 또 읽으며 백지상태부터 문장을 다시 쌓아갔습니다. 금세 뚝딱 나올 줄 알았던 책이 몇 달이나 더 걸렸던 이유이기도 했죠. 최연 편집장님이 아니었다면 저는 여전히 집 구석에 틀어박혀 홀로 일기를 쓰고 있을지도 모르겠습니다.

그다음부터는 마치 글을 써야만 하는 운명의 타이밍을 정확히 맞춘 것처럼 모든 상황과 환경이 책에 맞추어 돌아갔습니다. 런던은 꽤나 긴 시간 동안 록다운 가운데 있었고, 불안증은 날로 심해져서 글을 쓰지 않고는 못 배길 정도였으니까요. 그래서 저는 별 수 없이 노트북 앞에 앉아 긴 시간 동안 글을 쓸 수밖에 없었습니다.

그렇게 오랜 기억을 살펴보고 또 돌아보며 한참 동안 시간 여행을 했습니다. 저의 모든 시절을 뒤죽박죽 돌아다니며 지각을 면하려 뛰어가는 사람처럼 달렸고, 저를 걸려 넘어지게 한 시간의 조각들을 주워 기록했습니다.

평생 피하고 싶었던 기억들을 다시 마주하는 것은 따갑고 불편했지만, 그게 꼭 나쁜 것만은 아니었다는 것을 글을 쓰며 배웠습니다. 똑바로 눈을 맞추어 보니 힘을 잃고 사라지는 것들이 대부분이었다는 것도요. 사실 흘러버린 시간이 무뎌지게 했던 것인지, 하도 많이 곱씹어 보았던 탓에 질려버렸던 것인지 확신할 수는 없지만, 그렇게 기록해낸 저의 서투른 감정들이 여러분의 빈 공간을 조금이나마 채워드렸기를. 그랬기를 바랍니다.

'정말 다 별거 아니었어'라고 속 시원하게 함께 말할 수 있는 날을 기다리며….

런던에서,
장하은 마침.

+

사랑하는 나의 가족들 엄마 아빠 사무엘 하다, 최연 편집장님과 행복우물, 다음카페 '그공간' 여러분, 그리고 이 책을 읽어주신 모든 분들께 감사드립니다.

네가 번개를 맞으면 나는 개미가 될거야 초판 1쇄 2022년 2월 15일

지은이 장하은
펴낸이 최대석
편집 최연, 이선아
디자인1 H. 이치카, 김진영
디자인2 이수연, FC LABS

펴낸곳 행복우물
등록번호 제307-2007-14호
등록일 2006년 10월 27일
주소 경기도 가평군 가평읍 경반안로 115
전화 031)581-0491
팩스 031)581-0492
홈페이지 www.happypress.co.kr
이메일 contents@happypress.co.kr
ISBN 979-11-91384-18-5 03810
정가 16,000원

이 책의 국립중앙도서관 출판예정도서목록(CIP)은
서지정보유통시스템 홈페이지(http://seoji.nl.go.kr)와
국가자료공동목록시스템(http://nl.go.kr/kolisnet)에서
이용하실 수 있습니다.

Publisher's Note

Jang Haeun

A Strage Place

꾸준히 사랑받는

연시리즈 에세이

1. 옷을 입었으나 갈 곳이 없다 _ 이제
2. 아날로그를 그리다 _ 유림
3. 여백을 채우는 사랑_ 윤소희
5. 슬픔이 너에게 닿지 않게 _ 영민
5. 당신의 어제가 나의 오늘을 만들고_ 김보민
6. 너의 아픔, 나의 슬픔 _ 양성관
7. 오늘도 아이와 함께 출근합니다 _ 장새라

여행에세이 시리즈

1. 겁없이 살아 본 미국 _ 박민경
2. 삶의 쉼표가 필요할 때 _ 꼬맹이여행자
3. 아날로그를 그리다 _ 유림
4. 낙타의 관절은 두 번 꺾인다 _ 에피
5. 길은 여전히 꿈을 꾼다 _ 정수현
6. 내 인생의 거품을 위하여 _ 이승예
7. 레몬 블루 몰타 _ 김우진

콜렉션

+ + +

"손가락 사이로 미끄러지는 빛은 우리의 마음을 헤쳐 놓기에 충분했고, 하얗게 비치는 당신의 눈을 보며 나는, 얼룩같은 다짐을 했었다."

_ 이제, 〈옷을 입었으나 갈 곳이 없다〉 일부

"곁에 머물던 아름다움을 모두 잊어버리면서 까지 나는 아픔만 붙잡고 있었다. 사랑이라서 그렇다."

_ 금나래, 〈사랑이라서 그렇다〉 일부

"'사랑'을 입에 담지 말 것. 그리고 문장 밖으로 나오지 말 것."

_ 윤소희, 〈여백을 채우는 사랑〉 일부

"구름 없이 파란 하늘, 어제 목욕한 강아지, 커피잔에 남은 얼룩, 정확하게 반으로 자른 두부의 단면, 그저 늘어놓았을 뿐인데, 걸음마다 꽃이 피었다."

_ 에피, 〈낙타의 관절은 두 번 꺾인다〉 일부

+ + +

행복우물출판사 도서 안내

● STEADY SELLER

○ 사랑이라서 그렇다 / 금나래

"내어주는 것은 사랑한다는 말, 너를 내 안에 담고 있다는 말이다"
2017 Asia Contemporary Art Show Hong Kong,
2016 컬쳐프로젝트 탐앤탐스 등에서 사랑받아온 금나래 작가의 신작

○ 여백을 채우는 사랑 / 윤소희

"여백을 남기고, 또 그 여백을 채우는 사랑. 그 사랑과 함께라면
빈틈 많은 나 자신도 온전히 좋아하며 살아갈 수 있을 것 같다."
'채우고 싶은 마음과 비우고 싶은 마음'을 담은 사랑의 언어들

● BOOK LIST

○ 음식에서 삶을 짓다 / 윤현희 ○ 삶의 쉼표가 필요할 때 / 꼬맹이여행자 ○ 벌거벗은 겨울나무 / 김애라 ○ 청춘서간 / 이경교 ○ 가짜세상 가짜 뉴스 / 유성식 ○ 야 너도 대표 될 수 있어 / 박석훈 외 ○ 아날로그를 그리다 / 유림 ○ 자본의 방식 / 유기선 ○ 겁없이 살아 본 미국 / 박민경 ○ 한 권으로 백 권 읽기 / 다니엘 최 ○ 흉부외과 의사는 고독한 예술가다 / 김응수 ○ 나는 조선의 처녀다 / 다니엘 최 ○ 하나님의 선물 — 성탄의 기쁨 / 김호식, 김창주 ○ 해외투자 전문가 따라하기 / 황우성 외 ○ 꿈, 땀, 힘 / 박인규 ○ 바람과 술래잡기하는 아이들 / 류현주 외 ○ 어서와 주식투자는 처음이지 / 김태경 외 ○ 신의 속삭임 / 하용성 ○ 바디 밸런스 / 윤홍일 외 ○ 일은 삶이다 / 임영호 ○ 일본의 침략근성 / 이승만 ○ 뇌의 혁명 / 김일식 ○ 멀어질 때 빛나는: 인도에서 / 유림

행복우물 출판사는 재능있는 작가들의 원고투고를 기다립니다
(원고투고) contents@happypress.co.kr